不《ふ》条《じょう》理《り》にあまく

きたざわ尋《じん》子《こ》
ILLUSTRATION：千《せん》川《かわ》夏《なつ》味《み》

不条理にあまく

LYNX ROMANCE

CONTENTS

不条理にあまく

大学に入ってだいたい十ヶ月くらいたって、新しい生活になってからは四ヶ月ちょっとたった。

どうして約半年のズレがあるかというと、家庭の事情というか父親の都合で、入学して半年くらいたってから引っ越しすることになったから。しかも赤の他人と同居することになったんだ。

その人――神田誠志郎《かんだせいしろう》さんは同じ大学の二年上の人なのに父親が経営する会社の社員、つまり部下でもあるっていう複雑な経歴の人で、年齢的には俺より四歳上。高校を卒業して一度社会に出てから休職して二年遅れで大学に入ったからこういうことになってる。

背が高くて男前で頭がよくて腕っ節《ぶし》も強くて、家事もなんでもこなせるパーフェクトな人なんだよね。うん、スペックは異常に高い。

もとは変な男につきまとわれやすい俺の護衛として派遣されたんだけど、いろいろあって今では恋人だ。

もちろん恋人としてもほぼ完璧。大事にしてくれるし、言葉でも身体《からだ》でも俺が好きって伝えてくれる。肉体言語のほうはちょっと過剰気味なとこあるから、たまに「いい加減にしろ」って思うこともあるけど……。そこでちょっと減点したから、ほぼ完璧っていう評価なわけ。

エッチのほうはともかく、それ以外はうちの父さんが誠志郎さんをそういうふうに育てた（？）みたい。なんか天涯孤独になってたところに出会って雇《やと》って、必要なことを仕込んだっぽい。

いまのところその成果は俺のためにフルに使われてててちょっと申し訳ないかな、とか思ったりしてる。

だってもったいないよね。俺の世話とボディガードでしか能力発揮しきれてないなんて。

「ごちそうさま」

今朝も完璧な朝ご飯が出てきた。見た目も味も栄養バランスも考えられてて、俺が食べられる量もきっちり把握してる。

片付けくらいは手伝おうとしたのに、今日も断られた。俺が動くと仕事が増えるから、だって。ひどい。

「行くぞ、蒼葉《あおば》」

誠志郎さんは手早く片付けを終わらせて出かける準備もすませて俺を呼んだ。眼鏡《めがね》装着したのは、キャラ作りの一環っていうか、まぁ真面目《まじめ》で堅物《かたぶつ》ってイメージのためらしい。そのほうが余計なやつらが近寄ってこなくていいんだってさ。

普段の誠志郎さんはどこからどう見ても優等生だ。小学校から高校までずっとクラス委員やってました、みたいな。でも本当の性格はちょっと違うんだよね。真面目なのは確かなんだろうけど、素《す》の誠志郎さんは口調も荒いしオラオラ系なんだ。

そっちもワイルドで格好よくて好きだけど。

誠志郎さんの講義は午後からなんだけど俺のために一緒に家を出る。いいって言ったんだけど、ボディガードの役目があるって譲《ゆず》ってくれないし、俺もいままでのことがあるから強く言えないいんだ。

昔からなぜか俺のところには定期的にストーカーが湧《わ》く。湧くって言い方もどうかと思うけど次から次へと来るからそうとしか言いようがない。別に付きあった相手がストーカー化するとかいうパターンじゃないよ。口もきいたことがないような相手からも勝手に粘着《ねんちゃく》されるんだ。それこそガキの頃から変態が寄って来たし、ピザ一回配達しに来ただけの男がストーカー化したこともあった。オンラインゲーム内でストーカーされて、そいつがゲーム内じゃなく実際に現れたこともあったな。うん、見事なほど全部男だった。しかもこの一年で三人も粘着してきて、三回襲われたし。刺したりとかそっち系じゃなくて、なぜかみんなレイプしようとするんだよね……。やっちゃえば自分のものになるって幻想でも抱いてたのかな。

とにかく俺のこの変な体質のせいで誠志郎さんは俺から目を離せないんだ。

「どうした？」

「いや、やっぱり申し訳ないなって」

「おまえになにかあったほうが困る」

髪をくしゃって撫《な》でられて、顔が赤くなる。照れくさいし誠志郎さんは格好いいし、これはもうしようがない反応だよ。

「一生こんなわけないよな。そのうち来なくなるよね」

俺は童顔だし、ぶっちゃけ見た目はいい。男受けするというか、一部の男に異様に好かれる顔なの

は間違いないけど、それって俺がまだ若いからで、老《ふ》けたら減る……はず。っていうか変わらなかったら絶望する。だいたい可愛《かわい》いなんていうのは男への褒《ほ》め言葉として微妙だからな。可愛いって言われたい男もいるのは確かだから間違いではないのかもしれないけどさ。最近テレビでジェンダーレスの男とか見てびっくりしたもん。

別に俺は女の子に間違えられたりしないし。いまはね。昔はよくあったけど。

なにが悪いんだろうって何度も考えたし、まわりにもさんざん聞いたよ。けどわからないままだ。別に俺、必要以上に愛嬌《あいきょう》振りまいたりしてないし、思わせぶりな態度なんかまったく取ってない。みんなは謎のフェロモンとか言ってくれてる。ちくしょー泣いてやる。

微塵《みじん》も、これっぽっちも嬉しくないし。だって俺のとこに来るやつらって基本的にこっちの話を聞かない。自分の気持ちとか欲望ばっか押しつけてきて、俺の気持ちなんていうのはまったく無視するか自分に都合よくねじ曲げるかだし、思うようにいかないと暴力に訴えてくる。あ、ちなみにその暴力ってのは性的なほうな。

ほんと、やれやれだ。

「あ、今日ってサークルの日だ」

正しくはサークル活動がある日。これがまた俺にとっては頭痛の種でもある。

「今日は変な相談の人、少ないといいなぁ……」

ちょっと憂鬱《ゆううつ》だけど、仲いいみんなと集まれるのは楽しいし、やめる気はないんだから仕方ない。それにいまさらやめたって、きっと状況は変わらないだろうし。

「なにかあったら些細《ささい》なことでもいいから連絡しろ」

「うん」

大学に着いて別れるとき、いつものように誠志郎さんはそう言った。去年、油断して学内で襲われたから大学にいても安心出来ないって思ってるみたいだ。いや、二度と同じ手にはかからないつもりだけどね。

一限目の教室に行くと、友達はまだ誰も来てなかった。ちょっと早いから、他にもまだ十人くらいしかいない。

教室に入って少ししたら、なんか嫌《いや》な感じの一団が入って来た。後ろのほうに座って、女子二人と小さい男が俺をチラッと見た。

ああまたこいつかよ、って思った。女子二人は見覚えないけど……っていうか顔覚えてないけど、男のほうは知ってる。去年から俺に絡《から》んできたり、ストーカーに協力して誠志郎さんをはめようとしたりしたやつだ。俺の上をいく童顔で、ちょっと可愛い感じで、それが自慢らしいよ。見た目が同じ系統ってことで俺のこと目の敵《かたき》にしてる。

いや、同じカテゴリーに入れられたくないんだけど。俺は前世姫だったとか言い出したりしないからな。他人と自分比較して、どっちが可愛いとか考えたことも口にしたこともないからな！

やだやだ、って思いながらこっそり溜め息をついてると、わざとボリューム上げたとしか思えない声が聞こえてきた。

「よくやるよねぇ、毎回毎回」

「ほんと。お姫様気取りってやつー？」

俺のこと言ってるよな、間違いなく。別にそんなもの気取ってないけどな！　つーか自分が姫とか言ったのはそっちだろ。おまえが言うなってやつだよ。

「自分は午後からなのに、神田さん、一緒に来てあげてるんでしょー？」

「やさしー」

「でも普通、悪いからいいよって言うよねぇ。あたしだったら言うけどな」

言ったよ。言ったけど、理詰めで延々と反論されて、説き伏せられたんですよ。俺が口で誠志郎さんに勝てるわけないだろ。

「僕もそう思うなぁ。自由がないのって可哀想《かわいそう》。だいたいまだ学生なのに仕事で縛るなんてありえないよねぇ」

それにしても腹立つな、あの姫野郎。おまえ自分がやったこと忘れたのかよ。誠志郎さんがおまえを厳重注意——っていう名の脅《おど》しだけですませたのは、ことをなるべく大きくしないで収めたかったからであって、おまえに甘かったわけじゃないんだぞ。二度と檜川《ひかわ》蒼葉に関わるな、下手な動きをしたら今度は親と大学に証拠を突き出すって言われたんだろ。誠志郎さんに聞いたから知ってるぞ。直接関わらなきゃいいって考えか、そうかよ。

目を閉じて感情をやり過ごしてるのは、別に気が小さいからでもないし心が広いからでもない。目立つ真似《まね》をして話題を提供するのが嫌なのと、相手にするなって誠志郎さんに言われてるからだ。黙ってることで相手がつけあがることより、反論して言い負かして俺に対する悪意と敵意とか鬱憤《うっぷん》を溜めるほうがリスク高いって判断みたい。つまり言わせておけ、ってこと。

「おっはよー蒼葉」

「あ、おはよ」

よかった、宗平《そうへい》来た。いつもの明るい顔を見たら肩から力が抜けた。

木原《きはら》宗平は高校のときからの友達で、サークルも一緒で、誠志郎さんと俺が恋人同士だってことも、たぶんわかってるんだと思う。なにも言わないけどね。ちょっと調子はいいけど出来た友達だ。

「どうした？」

「なにが？」

一応とぼけてみたけど、意外に鋭くていろいろよく見てる宗平はすぐに事態を把握したっぽい。さっきの一団を見て、納得したような顔しながら舌打ちした。

「気にすんなよ。あいつら神田さんのことなんにもわかってねーんだからさ」

「うん」

前半はともかく、後半については完全同意。ほんと、なにもわかってない。当たり前だけど俺との関係だって知らないし。

けど誠志郎さんの自由が制限されてるのは確かだ。俺にあわせて通学してるのも、興味ないサークルに入ってるのも、誠志郎さんの貴重な学生生活を邪魔してるってことになる。俺が入学する前から、父さんに言われて学内に人脈を作る——っていう名目で手下を作ってたみたいだし。

「とりあえず報告、っと」

宗平は早速、誠志郎さんにいまのことを伝えたっぽい。俺が黙ってたって誰かが教えるから、誠志郎さんって俺に関する出来事なんでも知ってるんだよね。

ほんと、完璧。

それがちょっと寂しいな、って思うのは贅沢《ぜいたく》なんだと思う。


俺が所属しているサークルは「超常現象研究会」っていう、どこからどう見てもあやしい名称のところだ。

けど俺はそういうのまったく信じてない。幽霊も超能力も前世もＵＦＯも。信じてないのになんでメンバーかっていうと、それはもう先輩に巻き込まれたとしか言いようがない気がする。

巻き込まれたは大げさか。付属高校のときから親しくしてた大八木雅史《おおやぎまさふみ》先輩がサークル立ち上げるって言い出して、当然のように俺も入ってたってだけの話。断るほどその手の話が嫌ってわけじゃなかったし、なんだかんだ言って先輩とか友達とつるんでるのは楽しいからいいかなって。

先輩は高校のときは二年上だったけど、バイトに精を出しすぎて留年したからいまは一年上だ。大のオカルト好きで、特にＵＦＯとか宇宙人の話に異様に食いつく。でも好きなくせに頭から信じてるわけじゃなくて、「存在しないということは証明出来ない」っていうスタンスなんだ。正直かなり変わり者。でも俺はなぜかずっと仲よくしてる。黙ってたらそれなりにイケメンだと思うんだけど、人の好き嫌いが激しいし、趣味はマニアックだしで、親しくなろうっていう女子はあんまりいないみたい。で、本人はそのへん全然気にしてないで、自分の好きなことにしか意識向いてない感じ。

なんでオカルト否定派の俺と仲いいのか不思議だよ。まぁ先輩のことは好きだし、基本的に楽しいからサークルメンバーなのはいいんだけど、毎回の「相談者」がねー……ちょっと困ってるというか面倒っていうか。

正直、疲れる。

この相談っていうのは、うちの活動の一環で行ってる。でもさ、行ってるっていっても、相談相手になってるのは俺だけなんだよ！　理不尽《りふじん》……。俺だけにやれ、って言われてるわけじゃなくて相談者が指名してくるから仕方ないんだけどさ。

もちろんあれだよ、オカルト系の相談。一番多いのは幽霊系で、次に前世がどうのこうの。あとは宇宙人がどうしたとかこうしたとか。なんだかよくわからない不気味な現象は俺的に幽霊枠《わく》に入れてる。一応、統計は取ってるみたいで、その分類についてはよく知らないけど。

それ以外にもサークル内で「中二病系」って呼んでるタイプもあるよ。自分のなかに別のものがいるとか、ただの痣《あざ》をなにかの印《しるし》じゃないかと言ったりとか、寝ているとき闇に引きずり込まれそうになるんだ、とか真顔《まがお》で言ってきたりする人たち。

それってただの夢だよね？　寝入りばなとか、たまにぐわっと落ちそうな感じになってびっくりして起きることあるじゃん。あれだよ。

いや、いちいち指摘はしないけどね。いまだって目の前の人の話を、俺はたまに頷《うなず》きながら聞いてるだけだ。

「家にいるとピシピシって音が聞こえてくるの。ラップ音ってやつですよね？」

ただの家鳴《やな》りじゃないですかね。はい、次。

「コックリさんをしてたら、取り殺すって言われて……！」

あの手のやつも科学的に証明されてなかったたっけ？　集団催眠とか無意識に筋肉がどーたらこーたらとか。どっちみち参加者の誰かが知ってることじゃないと質問に伝えられないって時点でお察しだよな。はい、次。

「最近、よく金縛りにあって……」

疲れてるんだよ。これも確か睡眠麻痺《まひ》って説明されてるよ。

でも論破《ろんぱ》したって意味ないからしない。だって相手は否定して欲しくて来てるわけじゃないんだからさ。下手に言うとムキになって怒るし。

はい、次。

「あの、実は幽霊を見てしまって……」

また霊関係だ。その日の天気のこととか友達とおしゃべりしてて遅くなったとか、とにかく話が長かったけど、つまり髪の長い女が夜中に恨《うら》めしそうな顔して家の近くに立ってたらしい。

それってご近所の旦那《だんな》さんとか不倫してないですかね？　そのうち物騒《ぶっそう》な事件に発展したりしないよね？

最近よく思うんだけど、怖いのは霊とかじゃなくて生きてる人間だよ。たとえば夜中に目を覚まして、ベッドサイドに知らない人が立ってたら、俺だったら幽霊であってくれ、って思うもん。

とにかく話を最後まで聞いたあと、サークルのメンバーが塩とか持たせてやって、その人は気がすんだみたいな感じで帰ってった。だからまぁいいんじゃないかな。そのせいで余計にまた相談者が来ちゃうんだろうけど。

塩は普通の精製塩だよ。コンビニでもスーパーでも売ってるやつ。一応、幽霊系の話が大好きなサークルメンバーが東の窓辺に置いて朝日を当てたやつらしいけど、それがどう役に立つのかは知らない。興味ないし。

「お疲れー。今日はこれで終わり」

「あー……」

思わず机に突っ伏しちゃったよ。

よし、これで来週までは気楽だ。うちの活動は週に一回だから、それまではまぁまぁ安心。活動に使用する教室はそのたびに違うし、曜日は固定じゃない。だから日時と場所が決まったら大学のサークル専用のサイトに載せることになってる。

サークルメンバーはね、別にそんなの見なくてもアプリのグループがあるからいいんだけど「相談者」が教えろってうるさくてさ。つい最近になってこういう形になった。

ああもう本当にメンドクサイ。でもこうしないと、休み時間とか帰り際《ぎわ》とかに寄って来ちゃうから、それを防ぐためには必要なんだよ。サークル活動以外で俺のとこに「相談」に来た場合は受け付けないし、突撃かましたやつは二度と「相談」を受け付けない、ってお触れを出したからね。

っていうかさぁ、「相談」なんて大層《たいそう》な言葉使ってるけど、全然相談じゃないって俺的には思ってる。実際、向こうが勝手に話して、俺は聞いてるだけだもん。あらかた聞いて、霊関係だったら塩渡して、前世だったら「過去にはこだわらないで、いまの人生を……」的なことを言って、予言とか予知だったら「広めると騒ぎになるから」って宥《なだ》めておく。ＵＦＯや宇宙人系は大八木先輩が専門的な話に持っていってうやむやにする感じだし。

本来の活動はこんなんじゃないんだよ。幽霊だけじゃなくて、ＵＦＯとか超能力とかの本を持って来て読んだり、現象について話しあったり、科学的に立証出来るか調べてみたり……活動って言って良いかも微妙な感じなんだ。

でも俺は全然興味ないから、好きな本読んだり、ぼやーっとみんなの話を聞いてるだけだった。おかげで知識だけはついたけど……あんまり役に立ちそうもない。

いま教室にいるメンバーは五人。で、本当はあと三人いる。都合が悪くて今日は来てないみたいだ。みんな相談者がいるあいだは黙って本を読んだり、パソコンに向かったりしてた。たまーに自分が興味ある分野だったりすると話に参加してきたりしてね。もちろん代表の大八木先輩はちゃんと記録取ってたよ。相談者の名前とか学部とか、内容とか。なんの役に立つのかは不明。趣味かな、それとも学祭で使っちゃったりする？　今年の学祭が初参加なんだよね。いまから嫌な予感しかしないよ。オカルト相談室とか開いたりしないだろうな……。

「俺ほどオカルトを肯定しない相談相手っていないと思うんだけどなぁ」

おかしな誤解が蔓延《まんえん》してるせいで大迷惑だよ。なぜか俺はそっち関係に造詣《ぞうけい》が深くて、ものすごく理解があるみたいに言われてるらしい。謎すぎる誤解だ。

「そうだな」

ずっと隣で黙ってた誠志郎さんが宥めるように、っていうか労《いたわ》るように？　髪を撫でてくれた。気持ちよくて、つい目を閉じてリラックスしてたら先輩に「猫みたい」って言われた。サークルメンバーに言わせると「静かに周囲に圧をかけてる」らしいよ。まぁボディガードだからね。

誠志郎さんは俺のために興味もないのにサークルに所属してる。参加はするけどしゃべることはほとんどなくて、ただ俺の近くに座ってるだ。

威圧感あるんだよなぁ。背は高いけど、ガチムチってわけじゃないし、顔が怖いわけでもないのに。まぁ雰囲気かな。あ、それにガチムチではないにしても、イイ身体してるのは間違いない。ほんと見とれるくらい。腹筋とかちゃんと割れてるし、胸板とかも……あ、ヤバい、いろいろ思い出して挙動不審になりそう……。

疲れた振りしてまた突っ伏した。

昨日もエッチしたし、一緒に風呂も入ったから、思い出すと顔が赤くなる。

誠志郎さんって普段あんまり表情ないし、みんなにはミスターストイックくらいに思われてるけど、ほんとはメチャクチャやらしーからね。優しいんだけどスイッチ入るとエロエロだから。

「今日は心霊系が五人と、中二病が一人と前世が一人、と」

書記係みたいなことしてた宗平が、独《ひと》り言《ごと》みたいに呟《つぶや》いた。パソコンに記録を残してるらしい。宗平も高校からの友達で、俺と同じような流れでサークルメンバーになってる。

「ネタに新鮮味がないよね」

「ですよね」

みんな容赦《ようしゃ》ないな。でも事実だ。だいたい過去に聞いたような話ばっかで、またかって思っちゃうよな。

「出尽くした感はあるよな。えーと、魔方陣で悪魔呼び出しちゃったかもってのもいたし、未来人もいたしなぁ……」

「古代人がどうのって人もいましたね。あと自分が異世界からトリップしたとか、実はここはパラレルワールドだとか」

「いやでも本人たちは真剣だからな、八割くらいは」

「え、八割？　じゃ二割は冷やかし？」

って聞いたら、宗平はなぜか目を逸《そ》らしてチラチラッと誠志郎さんを見た。相変わらず顔色窺《うかが》ってるなぁ。

宗平って気がついたら誠志郎さんの下僕《げぼく》化してて、いろいろ役に立っているらしい。もともと友達として俺の味方だったんだけど、今はそれに誠志郎さんの協力者としてという役割も担っているというところか。

誠志郎さんって宗平みたいに一声で動かせるようなのが学内に何人もいるみたいで、本当に何者って感じ。

まだまだ底が知れないよなあ。

とにかく質問の答えは誠志郎さんに聞くしかないみたいだ。宗平は口を割りそうもなかった。

「冷やかし？」

「……一部は蒼葉が目当てだ」

「はぁ？」

それは俺が嫌がるほう、いわゆる恋愛というか執着というか、そっち系の意味か。だって相談者はそもそも俺に話を聞いて欲しくて来てるわけだから目当てっていうのは当然で、わざわざ言う必要もない。

ほかのサークルメンバーを見たら、みんなうんうんと頷いてた。ああ、わかりたくもない。

「大部分の目当ては？」

「それは神田さんでしょ。二割のうちの女子はね」

当然って感じで大八木さんが言って、ああそうかって納得した。誠志郎さんは無言で無表情だけど、否定しないってことはちゃんと自覚してるらしい。

「神田さんをそばで見られることって、あんまりないでしょ」

「理由もなく近寄ったら斬《き》られそうですもんね」

笑いながら言ったのは同じく一年の溝口《みぞぐち》で、悪いやつじゃないんだけどちょっと困ったやつ。悪い癖《くせ》があるっていうかね……。

とにかく誠志郎さんは物騒な武器なんて持ち歩いてないんだけど、まぁ雰囲気は確かに迂闊《うかつ》に近付けない感じはする。っていうか逸話《いつわ》がいろいろあるらしい。用もなく話しかけると非常に冷たい目で見られるとか、以前隠し撮りしようとした学生に詰め寄って無言で消去を強要したとか。

たぶん本当のことだと思う。

誠志郎さんが大学で孤高の人になってるのも納得だ。でもとにかく見た目が格好よすぎるから近付きたいって思ってる人間は多いんだ。その点、俺は取っつきやすいみたいだし、誠志郎さんの身内っていうのも知られちゃったから、足がかりくらいにはされそう。

恋人ってのはもちろんバレてない。一部以外には。ただお目付役ってことで、いつの間にか知られちゃってた。

「……なんか巻き込んじゃってごめん。毎回、付きあわせてるし」

「自分で選んでサークルに所属してるんだから、ここにいるのは当然だろ」

「まぁそうなんだけど……」

そう言われちゃうと引き下がるしかなくなる。そもそも俺も付き合いでサークルにいるわけなんだけど、無理矢理じゃなくて自分の意思だ。誠志郎さんも同じだって言われたら、そうだよねって納得せざるを得ないというか。

どっちみち人前で延々とする話じゃないから、これでおしまい。宗平から報告受けた誠志郎さんとしては、俺が教室で言われたこと気にしてるって思ってるんだろうな。

実際ちょっと気にしてるし……。

「あ、ごめん。もう一人いた」

溝口に案内されて入って来たのは、見るからに悪そうなやつだった。なにが悪いって柄《がら》もだし態度もだし、頭もだよ。目付きはギラギラしてるし俺のこと見る感じがアレだし。

うん、わかりたくないけどわかっちゃうんだよ。だってガキの頃からだもん……俺が男に欲情されるのって。

顔とかの問題じゃないと思うんだ。確かに童顔だし、褒め言葉はまず「可愛い」だし、子供の頃は女の子みたいだったけど、この程度ならほかにもいるはずなんだよ。小柄ったって別に俺だけじゃないし。

なのに俺のとこには変なやつらが寄ってくる。相談者たちみたいなのもだけど、俺をどうこうしたがるストーカーとか、やたらめったら粘着質なやつが！

目の前に来たやつもそう。うう、しかもこいつってストレートに感情とか願望とか視線に出してくるタイプだ。

「で、ご相談は？」

おそらくそれに気づいただろう誠志郎さんが、ぼそっと言った。静かな声だけどその威力は絶大で、相談者の男は我に返って目を泳がせた。

うん、怖いもんな。睨《にら》んでるわけでも怒鳴ってるわけでもないのに威圧感あるよね。俺しか見えてなかったとこにキンキンの氷水ぶっかけられたような気持ちなんだろうな。

「そ……その、宝くじとかって当てるコツとか、ねーの？」

なんだその相談。意味がわからない。確かにマンネリ化した相談には飽《あ》き飽きしてたし新たなパターンだけど、うちのサークル関係ないじゃん。

じーっと見てくる目が嫌だ。絶対宝くじのことなんて考えてないよ、これ。舐《な》めるように俺のこと見てるもん。

とりあえず早くなにか言って帰さなきゃ。

「……いっぱい買えば当たる確率は上がるんじゃないですか」

一枚買うより二枚買ったほうが倍率上がるよ。二倍だよ。十枚買えば十倍だよ。間違ったことは言ってないよね？

なんかもう疲れて、つい雑な返しをしちゃった。けど、リアクションがない。机を手のひらで軽く叩いて、相手がはっと我に返ったとこでもう一回同じことを言った。

さすがに相手は不満そうだけど、ほかにどうしろと……。って思ってたら横から頼もしいフォローが！

「そういうのはうちの管轄《かんかつ》じゃないな」

「はぁ？」

誠志郎さんの言葉が気に入らなかったらしいけど、はぁ？　はこっちのセリフだよ。そもそもうちに相談に来るのが場違いだっての。目的が違うのがバレバレだよ。

「統計学のサークルがある。確か宝くじのデータも取って、毎年学祭で発表してるはずだ。そっちのほうが役に立つんじゃないか」

正論です。宝くじ当選の話なんだから、これ以上的確なアドバイスはないよね。

ちょっと粘《ねば》って、結局そいつは諦《あきら》めて帰ってった。でも立ち上がるときに小さい声で言ったのしっかり聞こえてたからな。「うるせーよ犬」って言ったよね誠志郎さんのこと！

誠志郎さんのことが気にくわないやつって、だいたい俺のネタで貶《けな》すんだ。檜川蒼葉の犬とか下僕とか。

変に好意的な人たちは、俺のナイトとか執事とか言ってるらしい。それはそれでどうなんだろうって思うけど。

「動向チェックしときますね」

「ああ」

誠志郎さんのデータ収集が始まったみたい。週一の相談会は、俺に対してヤバそうなやつらをあぶり出すのにも役立っているらしいよ。

「ところで、春の合宿なんだけど」

唐突《とうとつ》な大八木さんの発言に、誠志郎さんを除く全員が「えっ」となった。だからって別に誠志郎さんが知ってたとかいうことではなくて、ただ反応しないだけだろうけど。

「え、やるんですか？」

「やるよ。まぁ合宿という名のサークル旅行だけどね」

合宿と言ったら冬のことを思い出してしまう。死ぬほど寒い冬のキャンプ場でＵＦＯを観測しようってことになったやつ。まぁバンガローは暖房もついてたし、キッチンとか風呂とかもあって結構快適だったけどね。誠志郎さんと二人部屋だったから気も遣《つか》わなくてよかったし……。

ただ、サークル内に覗《のぞ》きとか平気でしちゃうやつがいるのは本気でどうにかして欲しい。溝口のことね。悪い癖っていうか趣味っていうか。

いや、一応本人反省したみたいなんだけど、イマイチわかってないような気がする。そもそも認識ズレまくってて、悪いことだって思ってないみたいなんだよね。だからちょっとまだ信用しきれないというか、悪気が全然ないからこそ不安というか……。

普段は忘れるようにしてるけど、ふと思い出したときなんて——いまもそうなんだけど、もう穴掘って入って自分で土かけたいくらい恥ずかしいんだよ！　だってまさか、エッチしてるとこ双眼鏡で覗かれてるとか思わないじゃん！　真っ暗だから大丈夫って、思うじゃん！　暗視スコープ付きの双眼鏡が普通に売ってるなんて知らなかったんだよ。そんなのスパイ映画とかで出てくるものだと思ってたんだよ。だからあのとき、サンルーフでも暗いからいいかなって……。

気がついたら俺、溝口をジト目で見てた。溝口は秋くらいにサークルに入って来て、最初はただのオカルト好きでしかなかったんだ。正確に言うと、オーパーツってのが好きらしいんだけど。あ、オーパーツっていうのは、なんか発見された場所とか時代とかが、ちぐはぐなもののことらしいよ。たとえば水晶のドクロとかみたいに、作られた時代と技術が一致しない、みたいな。でもあれも偽物《にせもの》ってわかったんじゃなかったかな。

とにかく溝口は科学で説明出来ないようなものが好きなんだと思ってた。うちのサークルに相応《ふさわ》しいって。おとなしいし目立たないし、でも好きなこと語らせると止まらなくて、マニアだなって納得してた。いや、それも間違いじゃないんだけどさ。

けど、さらに変な趣味があったんだよ！　一ミリも理解出来ない趣味が！

「蒼葉？　どうした」

「あ、なんでもない」

会話の途中で黙り込んでたから誠志郎さんに心配されちゃったよ。話し相手の大八木さんはまったく気にしないで手元のチラシを見て楽しそうな顔をしてるのがさすがだと思った。

ふと気がついたら、溝口がこっちをじっと見て目をキラキラさせてた。

俺と誠志郎さんがしゃべってるだけで目輝かせるのやめてくれないかな……。いま普通にしゃべってるだけだし。

なんかもう疲れる……。

溝口は俺を主体にして、いろいろな妄想とか願望とかを展開させて、ときには俺とか誠志郎さんに向かって口走っちゃうやつだけど、意外と空気は読めるし口は堅いしで、第三者がいたら変なことは言わないし、合宿で見たことも誰にも話していないみたいだ。そこは信用してもいいんじゃないかって誠志郎さんも言ってたっけ。

でもさ、目は口ほどに……ってやつなんだよ。それに溝口って俺と誠志郎さんの関係だけで満足してないみたいだし。

頭のなかはね、他人がとやかく言ったってどうしようもないよね。わかってる。けどさ、俺を勝手にいろんなイケメンと絡ませたりすんのは心底やめて欲しいわけ！　なかでも溝口の一押しは、前にちょっと因縁《いんねん》のあった男と誠志郎さんと俺……っていうトライアングルなやつで、いろんなパターンがあるらしい……。略奪愛とか3Pエンドとか。

二回くらい直接本人に妄想やめろって言ったんだけど、素直に謝られた上で「だが断る。やめられないから無理」って言い切られた。自然と頭に浮かんでくるものだから、意思でコントロール出来ないんだって。夢にも見ちゃうから、どうしようもないとも言ってた。じゃあせめて俺にぶちまけるのは禁止、って言ったらそこは約束してくれたけど。

相談に来る人といい、俺につきまとう人といい、溝口といい、つくづく、人の趣味ってわからない……。

「幽霊旅館で二泊三日ね」

「え？」

いつの間にか大八木さんが話の続きをしていたらしい。って、幽霊旅館ってなに。

誠志郎さんが受け取ったチラシを見せてくれて、とりあえず納得した。もちろん幽霊旅館は正式名称じゃなかった。ちょっとへんぴなところにある普通の温泉旅館だった。

「旧館と新館があってね、旧館のほうに幽霊が出るっていう噂《うわさ》があるらしいんだ。心霊スポットとし

て最近ちょっと人気みたい」

「なんか『いわく』とかあるんですか？」

「新館と旧館が川沿いに並んで建っててね、その川は普段は清流って感じの小さな流れなんだけど雨が降ると増水して濁流になっちゃうらしいんだ。で、何十年か前に旧館に家族で泊まってた子供が川に落ちて……っていう話があって」

「はい、質問。それは事実なんですか？」

手を上げて宗平が質問した。うん、それは俺も気になる。

「可能な限り昔の新聞を調べてみたけど、そういう記事は見つからなかったよ。後付けかもね。何十年、っていうのも曖昧《あいまい》だし」

「ってことは話題作りで？」

「いやでも幽霊が出るなんて旅館にしてみたらマイナスじゃん。イメージ悪くない？」

「それがそうでもないんだよね。幽霊が出るって噂の旧館のほうが人気らしいよ。エレベーターもない古い建物で宿泊料も新館の六割くらいなんだ。食事はわりと豪華だし、大浴場も旧館のほうが趣《おもむき》があるって人気で、新館からもわざわざ入りに来たりするみたいだし。うちの合宿にはもってこいだよね」

「えっと、具体的にどんな噂が……？　溺《おぼ》れた子供の霊ですよね？」

そこが気になって思わず手を上げた。別に幽霊なんて信じてないけど、一応ここは確かめておかないと！

「うん。増水した日に苦しそうな子供の声が聞こえたとか、旧館の廊下が濡れてたとか、浴衣《ゆかた》着た子供を見たとか、まぁそんな感じ？」

「えーと、声は川の音がそう聞こえただけで、廊下は雨漏りじゃ……？　なんか古そうな建物だし。子供見たのも、よくある錯覚ですよね」

「ま、どれもありがちだね」

大八木さんはいつも通りあっさりしてる。この人の基準は相変わらずよくわからない。オカルト全般が好きみたいだし詳しいけど、基本的にはあんまり信じてないもんね。だからってバカにするわけでもないし、積極的に肯定派を論破しようともしないんだよね。そのくせＵＦＯや宇宙人はきっといるよ、って爽《さわ》やかに言い放つし、否定しても別にムキにならないで「僕も見たことないよ」なんて、にこにこ笑ってるだけだし。

「そう言えば最近うちでも幽霊の噂よく聞くよね」

「え、そうなの？」

「三号棟《とう》の空き教室から、すすり泣きみたいのが聞こえてきた……っての。で、思い切って教室に入ってみたら、ピタッと止まったんだって。もちろん誰もいなかった……と」

「教室って何階？　どのへん？」

「一階の一番奥」

「へぇ」

「あれだろ、バカな学生が教室でやってたんじゃないの？」

バッサリいったな宗平。でも同意見だし、たぶん誠志郎さんも反応からしてそう。

「でもあそこ小さい教室だし、隠れるとこなかったってよ」

「……実は窓の外だったとか」

溝口、言いながらチラチラ俺たちのほう見るのはやめろ。やってないから！　俺たち学校じゃ一回もしてないからね。

先が思いやられる、と思いながら、俺は手元のチラシを見て溜め息をついた。

合宿の話が本決まりになって、サークルメンバー全員の進級が無事に決まって、俺たちの大学の入試の日も問題なく過ぎた。

在学生には基本的に関係ないんだけど、個人的に今年の入学試験には思うところがあった。

実はついこの間まで俺のストーカーだったやつが、うちの大学を受けるって宣言しててさ。そいつは現役高校生で、しかも受験生だと知ったときには驚いたよね。ストーカーなんてしてる暇があったら勉強しろよって。どうやら、すげー頭よくて、東大確実っていう学力らしくて、うちなんて超余裕って言ってたけど。ふざけんな、うちだって私立じゃトップクラスだぞ。

とにかくストーカーから発展して俺を一度レイプしかけた高校生は、なにごともなければ春から俺の後輩になってしまう。もう犯罪行為はしないと信じたいし、実際いまはおとなしくなって直接アクション起こしたりはしないんだけど、溝口を通していろいろ伝言寄越すんだよ……。溝口もまた全部教えてくるし。

とりあえずストーカー行為はもうしないけど、恋愛としては本気だから俺を誠志郎さんから略奪する気は満々らしい。

いくら考えても俺に固執《こしつ》する理由が本当にわからない。オンラインゲーム内でちょっと親切にしただけだってての。俺ちゃんと男のアバターだったし女の振りしてたわけでもないのにな！　ネット上でストーカーされて、とうとうリアルでもされて……なんでよ、って思う。

春からのことを思うと気が重い。それと相変わらずの誠志郎さんに対して、いまさらだけど申し訳ない気持ちになってきてる。

合宿もさ、参加しなくていいよって言ったんだよ？　大八木先輩も宗平もいるんだから大丈夫、って。俺がいないうちに羽伸ばせば、って。

でも速攻で否定された。むしろなにを言ってるんだこいつ、みたいな顔された。

ちょっとビビッて「冗談です」って逃げて、結局今日まで来ちゃった。誠志郎さんはあれ以来なにも言ってこないし、俺もやぶ蛇突《へびつつ》くのが怖くて冗談のまま忘れた振りをした。

なんか地味に引っかかってたみたいなんだよね。姫男とその友達の言ってたこと。

「ほら着いたぞー」

駅から送迎バスに揺られること三十分。俺たちは幽霊旅館――じゃなくて旭松《あさひまつ》旅館ってところにやって来た。

「あれ、なんかよさげじゃん」

新館は鉄筋でまだ新しいからきれいなのは当然なんだけど、問題の旧館は旧館ですごくいい。重厚っていうか、趣があるっていうか、とにかく古くてボロいわけじゃない。木造の三階建ては建物としては小さいしエレベーターもないけど俺はこっちのほうが好き。

「写真よりいいよな」

宗平の呟きに思わず頷く。普通写真のほうがいいものだけど、ここは逆だった。ホームページとかの写真、替えたほうがいいと思うよマジで。プロのカメラマンじゃなくて旅館の人が撮ったんじゃないのかな。

チェックインは新館で、そこから渡り廊下を通って旧館へ行く仕組み。食事とか売店とかは新館までまた来なくちゃダメだけど大浴場はどっちにもあって、客は好きなほうに入っていいことになってる。新館の風呂のほうが大きくて設備もいいんだけど、旧館の露天風呂が風情《ふぜい》があるとかで人気らしい。確かに写真で見る限り雰囲気は断然休館の風呂のほうがあった。木造でガラス窓も木枠だったりして、タイルで描いた絵もあって、浴槽《よくそう》は檜《ひのき》だもん。

俺たちの部屋は一階のちょうど真んなからへん。もちろん今回も俺たちは二人部屋で、同じ階に大八木さんたち四人が一部屋取ってる。今回の合宿は不参加者二名だ。

川が近いけど静かな流れだから窓開けても全然音は聞こえなかったし、水が流れてるの自体見えない。たぶん三メートルくらい下を流れてるんだと思う。川幅もそんなにないし。

「閉めようよー」

窓枠に手を突いて外見てる誠志郎さんは絵になるし格好いいけど、俺は別のことが気になって仕方なかった。

「まだ虫はいなさそうだぞ」

「ほんと……？」

ダメなんだよ、虫。小さい蛾《が》でもビビッちゃうし自分じゃ絶対退治出来ない。特にＧ――名前も言いたくないい――になんて遭遇《そうぐう》した日には半泣きで逃げ出して、退治してもらったあともその部屋では絶対寝られなくて、ちょっと視界の隅に黒っぽいものが映《うつ》り込むだけでビクッとしちゃって大変なことになる。誠志郎さんと暮らすようになってからは一度も出てないけどね。うん、いまのマンション最高だよ。

あの家を買ってくれた海外にいる父さんに感謝しながら、窓辺のスペース……広縁《ひろえん》ってところにある肘掛け椅子《いす》に座った。向かいにも同じ椅子があって、あいだにテーブル。その上には古いパズルが置いてあった。きっと同じのが売店で売ってるんだろうけど買う人いるのかな。

窓から見えるのは木と山だけだ。家はこっちがわに一軒もないし道路もない。

旅館の案内をぱらぱら捲《めく》ってると、ようやく窓を閉めた誠志郎さんがちらっと俺の手元を見て言った。

「大浴場には行くなよ」

「え、なんで？　行きたい」

せっかく温泉旅館に来たのにそれはないよ。確かに部屋に風呂はついてるけど温泉じゃないし、大きな風呂入りたいし。

「おまえの場合は危ないだろうが」

「でも温泉……」

ただの大浴場なら諦めるけど、温泉だよ。俺、温泉って一度も入ったことないんだよ。父さんも母さんも温泉に興味ない人だったたし、家族旅行は何度もあったけどだいたいいつもホテルで、旅館のときでも普通のお湯のとこしかなかった。

「温泉……」

どうしても入ってみたいっていう気持ちを込めて見つめてると、少しして誠志郎さんは仕方なさそうに溜め息をついた。

「……夜中に俺と一緒なら」

「やった」

よし妥協案を引き出したぞ。危険だからとかじゃなくて、たぶん俺の裸を見せたくないってだけなんだろうし。妥協したってことは正解のはず。

それぞれの部屋に落ち着いて三十分くらいしてから、俺たちは待ちあわせ場所の旧館一階のロビーに行った。これから周辺を含めてみんなで散策するんだ。

一応、ただの旅行じゃなくて合宿だからね。

「よし、じゃあ行こう」

まずは問題の川を見に行った。川はやっぱり静かできれいで、とても事故が起きるようには見えなかった。まぁそんな事実はないんだけども。

園田《そのだ》さんが写真を撮りまくってたよ。もしかしたら心霊写真が撮れるかもって言って。まぁ本気度かなり低いけどね。

次に幽霊の目撃情報があった場所へ。子供を見たっていうのはなんと一階の、俺たちの部屋の近くだった。いや別に怖くないけどさ、信じてないし。

「幽霊じゃなくて、普通に宿泊客の子供じゃないかな」

「夜中に？」

「いや、その話では特に時間帯には言及《げんきゅう》されてなかったはず」

「そもそも話自体が便乗して作ったって可能性もあるよ」

うん、真面目なサークル活動っぽくなってきたなー。口を挟《はさ》む気はないけど、聞いてる分には退屈しない。

大八木先輩を中心に議論してると、誰かが近付いてきたのがわかった。一番最初に気付いたのは誠志郎さんで、結構早くからそっちに目を向けてた。

「あの……」

三人の男——っていうより少年っぽい子たちがためらいがちに声をかけてきた。

たぶん高校生くらいかな。ちょっと緊張気味だけど嬉しそうな顔をしてる。期待感が顔中に出てる感じ。

「もしかして、オカルト系の研究会の人ですか？」

「……ただのサークルだよ。心霊系だけじゃなくて、ＵＦＯとかオーパーツとか、いろいろやってるけど」

途端《とたん》にその高校生は目を輝かせた。

「お、俺たち牧ノ崎《まきのさき》高校のオカルト研究会なんです！」

どこそれ。ってぼそっと呟いたら誠志郎さんが小声で教えてくれた。へー千葉《ちば》県にある私立の男子校なんだ。なんでもよく知ってるよね。よくこんなことまで、って思うような知識があってびっくりするよ。

「じゃあ目的は一緒かな」

この旅館が人気のわけがちょっとわかった気がした。春休みとはいえ、二組も幽霊目当てで来てるなんて大したものだと思う。驚きの集客力だ。

なんだかよくわからないうちに、俺たちは高校生たちと一緒に見学と検証をすることになって、一応全員自己紹介した。こっちは大学とサークル名を言って、各自学年と名前を言った。だいたいみんな名字だけで、俺もそうしたよ。高校生たちは二年の子が代表で、あとの二人は一年だった。

一階から二階へと上がり、水で濡れていたという場所を探した。常にそういう状態なわけではないようだった。

「雨漏りって落ちじゃないっすかね」

「まぁ一番ありそうだよね」

うちのメンバーが言ってると、「でも」っていう声が割り込んだ。

「天井には染みとかないですよ」

「それに水は濁《にご》ってて葉っぱとかも混じってたって聞きました」

高校生たちはマジっぽいな。うちと違って幽霊話をガチで信じてるのかなー。だったらきっとうちとはあわないよ。

「それはそうとさ、ここの幽霊話って、方向性がバラバラなのが引っかかるんだよね。君たちは気にならない？」

「え？」

「話をいくつか拾ってみたけど、場所もパターンもバラバラでしょ。キーワードは川での事故を連想させるものなのに、微妙に繋《つな》がらないんだよ」

「繋がらないって……」

「なんて言うのかな。ストーリーが見えないんだ。まぁこれは感覚的な問題なんだけど」

大八木さんの言いたいことは、うちのメンバーはたぶんみんなわかってると思う。ぼやかしてるけど、つまり無理矢理感があるってこと。それっぽい話を誰かがいくつも出したみたいな感じだよね。

高校生たちは納得出来ないって顔してる。大八木さんは決定的な言葉は絶対に言わないけど、否定的っていうのは伝わってたみたいだ。

「写真撮った？」

「一応」

園田さんがバシャバシャやってるあいだ、ひまだったからあたりを見まわしてた。そしたら高校生の一人と目があった。っていうか、向こうが俺のこと見てたっぽい。

不思議な雰囲気の子だよな。顔立ちは整ってるほうだと思うのに印象が薄いっていうか、表情もあんまりなくて人形っぽくてさ。身長は俺よりちょっと高いくらいで、痩《や》せてるわけでも太ってるわけでもなくて、髪型も服装もござっぱりしてて無難。

それで目がすごく冷めてる。冷めてるのに粘度高いっていうか……ねっとり系でちょっと嫌な感じ。いや、そうと決まったわけじゃないけど俺のとこに寄ってくるあのパターンの目というか……。

そーっと目を逸らしてさりげなく誠志郎さんの陰に隠れた。っていうか自分でしなくても誠志郎さんが宗平に話しかけながら前に出てくれた。すげぇ自然だった。

付きあわせて申し訳ないなって思うけど、やっぱりいてくれると安心感が違う。

次のスポットに行こうってことになって、ぞろぞろ館内を移動する。今度は床が濡れるって場所だってさ。だから雨漏りじゃないのかな、それって。

「あの……」

総勢九人で歩いてたら、後ろのほうから声をかけられた。俺にだってことに、すぐには気がつかなかったけど、もう一回今度は「檜川さん」って言われて振り向いた。

頑張ったよ俺。嫌な予感がしたけどなんとか顔引きつらなくてすんだ。俺のすぐ後ろにいたのは、さっき俺のことじっと見てた子だった。高校一年の子で確か小淵沢《こぶちざわ》って言ってた。

「な……なに？」

「檜川さん、すごい人が憑《つ》いてるんですね」

「は？」

「守護霊です」

「……」

出たよ、やっぱりそうだったよ。相談という名目で週一でやって来るあの人たちと同じ世界の人たちだ。いや、違う。年に何人か出る、妄想電波ストーカータイプだよ。断言してやる。こいつ絶対そうだから！　この目は間違いない。長年つきまとわれてるから誰よりもわかるよ。

あからさまに引いてる俺をまったく気にしないのも一緒だ。

確かにまぁ俺にはすごい人がついてるよ。神田誠志郎って人がね。

「かなり古い霊で力も強いですね」

「はぁ」

自称霊能者ってやつね。うん、これも過去に何人かいたっけ。ほとんど女の子だったから妄想聞かされる以上の害はなかったんだけどね。

うちのサークルメンバーは「またか」って顔してるけど、誰も突っ込んでこない。サークルの趣旨が趣旨だから、この程度のことでいちいち否定したりはしないんだよね。どうせこの場限りの関わりあいならなおさら。まぁ俺に被害が出たら別だけど。

で、こいつの友達はどうなんだろうって思って顔見たら、二人とも心配そうに俺のこと見てた。

あーこれは信じちゃってる系だ。小渕沢の言うことバカにしてるわけでも引いてるわけでもないっぽい。

「小渕沢はすごいんですよ！」

むしろ信奉者なんだってことが、それからすぐわかった。二人でいろいろと「実績」を話してくれたからね。

新しいパターンかもしれない。いままではだいたい単体というか、一人で自分の世界を展開してたけど、三人で同じワールドにいるってのはなかったから。

とりあえずこの場は適当にごまかして、散策を続けたけど、ずーっと小淵沢が俺のこと見てて疲れたよ……。誠志郎さんが何度も視線遮《さえぎ》ってくれたけど、やっぱり限界はあった。夕食会場は一緒だからまたそのとき、って言って高校生たちと別れて、サークルメンバー全員で大八木さんたちの部屋に集合した。

「ヤバいの引いちゃったんじゃないっすか?」

宗平の顔がちょっと引きつってる。さっきまでは一応頑張って顔に出さないようにしてたらしい。大八木さんは「そうだねぇ」なんて暢気《のんき》に答えてるし、誠志郎さんと同学年の園田先輩は苦笑気味。それでもって溝口は目をキラッキキラさせてた。

「あの子、小淵沢くんだっけ。結構イケメンだったね!」

また溝口の変なスイッチが入ったよ。そんなにイケメンがいいなら自分と妄想すればいいのに、あくまで自分は女の子がいいとか言うあたりムカツク。しかもついこのあいだ彼女が出来たとか言い出したし。あ、いるのは本当らしいよ。まさかその彼女も同類じゃないだろうなと思って聞いたら、そこは内緒《ないしょ》にしてるらしい。

「そうかぁ? たいしたことねーだろ。クラスに三人はいる程度じゃね?」

うん、まぁ宗平の言いたいことはなんとなくわかった。たまに宗平自身が自虐的《じぎゃくてき》に言ってることでもあるし。

でも溝口はめげない。それどころか宗平のことを気の毒そうな感じで見てる。「わかってないなぁ」なんていう心の声が聞こえてきそうな顔だ。

「それがちょうどいいんだよ」

「はぁ……？」

意味がわかんないよね。でも俺はわかっちゃったよ！　わかりたくなかったけど！

ようするに間男《まおとこ》には「ちょうどいい」ってことだろ。どうせまた、俺と誠志郎さんのあいだに割って入る男ってのを妄想して一人でニヤニヤしてるんだよ、こいつは。あーもう腹立つな。

「どうすんですか、あいつら」

「別にどうもしないよ。幽霊なんていないんだよ、って諭《さと》しても仕方ないし、聞く耳持たないだろうしね。何年かしたら思い出して、恥ずかしさに転げまわるといいんだよ」

黒いなぁ大八木さん。にこにこ笑いながら言うことじゃないと思う。ほんと、こんなサークルの代表やってるくせに、事象を客観的に見られないタイプには厳しいよね。まぁ言ってること自体には全面同意だけど。

「メシ食ったら集まって怪談しようとか言い出さないっすかね」

「言われなくても今夜するつもりだったよ。僕らだけでも」

「えっ……」

「彼らのことは気にしなくていいんじゃないかな。各自冷静に対応してれば。あ、ただもし彼らが来ることになっても、助長するようなことは言わないようにね。僕ら責任取れないんだから」

「はーい」

うん、やっぱり大八木さんは基本真面目だな。無責任なことはしない。

「特に溝口」

「えーっ」

「余計なこと言っちゃダメだよ。神田さんに怒られないようにね」

がっつり釘刺した大八木さんグッジョブ。具体的なことは教えてないんだけど、溝口が別の意味で悪気もなく引っかきまわしてることには気付いてるみたいだな。

溝口はさらっと誠志郎さんを見た。

「……あの高校生たちとの接触は禁止だ。連絡も取りあうなよ」

「うう……はい」

なにその苦渋《くじゅう》の決断ですみたいな顔。突撃する気満々だったなこいつ。ほんとにわかりやすいというか、ある意味行動が読みやすい。

ま、悪い前例がありすぎるもんな。

「それはともかく、やっぱりここの話は人為的《じんいてき》な感じだね」

「ですよね」

「もしかしたらこういうのって、噂の出始めはバラバラで、なにかあると一つに集約されるのかも」

「でもここの場合は水関係しかないじゃん」

真面目に話しあってるけど中身は幽霊の噂話についてなんだよね。噂話とか都市伝説はこうして作られる、みたいな真面目な話と言えなくもないけど。

とにかくちょっと話しあいをして、今夜の予定とか明日のこととか話しあって、夕食まで解散ってことになった。みんなは風呂に行くみたいだけど、俺たちは……っていうか誠志郎さんが断ってた。ちょっと悲しい。みんなと風呂入りたかったなー。


怪談なんてさ、所詮《しょせん》は作り話だし、いきなり大声出して驚かせるのが怖いんであって、想像力働かせなければなんてことないって思ってた。昨日までは。

撤回します。大八木さん、本気出しすぎ。あの人が昨日まで俺に本気の怪談聞かせなくてよかったって思ったよ。付きあい長いのに、いままでは遠慮してたらしい。でもサークル立ち上げた以上は本気で行かねば、って気合が入ったんだって。いいよ、そんな気合入れなくても！

ちなみに冬の合宿で披露《ひろう》しなかったのは、あのときの主題がＵＦＯだったから……ってあたり、あの人の妙なこだわりを感じた。

結局なにが言いたいかと言うと、昨日俺はブルブル震えながら誠志郎さんにしがみついてて、部屋に戻って寝るときも誠志郎さんにくっついてた。風呂は最初から夜中に大浴場へ行くって決めてあったからよかったけど、行き帰りの廊下とかはちょっとビビッた。髪洗うときも目瞑《つむ》ると怖いから、後ろから抱きかかえるみたいにして声かけてもらったし。あれ誰かに見られてたらヤバかったな。言い訳出来ない密着度だったし。もちろんエッチなことはちょっとしかしなかった。声響くからヤバいしさ。いや、最初からすんなって話だよな、うんわかってる。わかってるけど、そのへんは誠志郎さんに言わないと。俺は結局されるがままの人だから……どうしても流されちゃうんだ。気持ちよくて逆らえないんだよ……。

「昨日寝れた？」

朝、顔を見るなり宗平がこんなこと聞いてきた。宗平、なんか寝不足の顔してるなと思って、ちらっと見たら園田さんもだった。

「普通に寝たけど……」

でもそれは誠志郎さんが抱きかかえてくれてたおかげで、一人だったら電気つけっぱなしにしてテレビつけて、ずっと起きてたかもしれない。

「マジか。俺、寝られなかった……」

「俺も。大八木の話、マジでシャレにならんかったわ……」

「怖かったですよね！」

　溝口は表情も口調も怖そうにしてるけど寝不足って感じじゃない。昨夜《ゆうべ》はぐっすり寝たって言うし。怖かったけど普通に眠れたらしいよ。さすが図太い。

　元凶の大八木さんは満足そうだった。まぁね、怖がらせようと思って全力出したわけだから、この結果は大満足だよね。

　約二名ふらふらしてるけどみんなで朝食会場に行って、食べながら話しあった結果、今日の予定はフリーってことになった。寝不足の二名は明るいうちに寝ておくんだって言い張ってたし、俺も食べすぎて苦しいからしばらく動きたくなかったし。バイキングって危険だよね。普段は朝からあんなに食べないよ。あ、ビュッフェだっけ？　バイキングとどう違うんだろ……？

　ちなみに高校生たちとは会わなかった。怪談には参加してないからぐっすり寝て早く起きたのかもしれないし、遅くまでしゃべっててまだ寝てるのかもしれない。

　とにかく部屋に戻って俺はゴロゴロした。連泊ってことで布団《ふとん》はそのままにしてもらって掃除も断ったんだ。きっと宗平たちはもう寝てるな。

「誠志郎さんはどうすんの？」

「別に。部屋で本でも読んでるよ」

「外に行ってきていいよ？　俺、部屋でおとなしくしてるし」

普段、誠志郎さんはほぼ毎日走ってる。まだ俺が寝てるうちに起きて、家の近くを一時間くらい。けど今朝は出来なかったはずなんだよね。状況的に俺のこと一人にしないと思うし。でも知ってるよ。バッグのなかにランニングウェアとシューズ入ってるよね。

「走って来なよ。緑いっぱいで、きっと気持ちいいよ」

強めに言わないと、誠志郎さんは俺を置いて行ったりしない。昨日の高校生がいるし、溝口もイマイチ信用しきれないし。あいつが直接俺をどうこうすることはないし、悪意は本当にまったくないんだけど、自分の感情というか欲望で暴走しちゃうからなぁ。今回の合宿だって、溝口が元ストーカーのあいつに情報リークするんじゃないかって誠志郎さんも警戒してたもん。たぶんいまもしてるはず。こっそり同じ旅館に泊まってても俺は驚かないよ。それくらいしそうなやつだからさ。

「じゃあ、俺いまから大八木さんとこ行ってくる。それだったら安心だよね？」

俺のことが心配なのはわかるし、実際何回もヤバい目にあってるし、現在進行形で懸念《けねん》材料はあるし。けど、妥協案みたいなものを呑んでもいいはずだよ。誠志郎さんはもっと自分のことを優先したほうがいい。

じっと俺を見つめてた誠志郎さんは、小さく息をついた。

「気にしてるのか」

「え？」

「俺を縛ってるんじゃないかって。いろいろ言われてるらしいな」

「いろいろってほどじゃないよ。言ってくるやつも決まってるし」

困ったなぁ。俺が気にしてるって時点で、完璧な誠志郎さんにとっては不本意なんだよね、きっと。口に出さなくても、そういうことは気付かれちゃったんだろうな。

それにたぶん誠志郎さんは俺が言われてることを俺以上に知ってるんだと思う。俺が知ってるのは直接聞いたことだけだ。けどあちこちに耳を持ってる誠志郎さんは違うからさ。

どうしよ、って思ってると、頭にぽんって手が乗っかった。

「義務感でやってるわけじゃないんだぞ」

ものわかりの悪い生徒に、先生が根気よく教えるみたいな感じだ。しゃべり方はいつもより少しゆっくりで、二割増しで優しい雰囲気になってる。

「過保護なだけだ」

「……恋人、だから？」

「というより、俺が蒼葉に惚《ほ》れてるからだな。仮《かり》に片思いのままでも同じようにしてたぞ。俺はしたいようにしてる。不自由だと思ったことはないし、自分を押し殺してるわけでもない。身をもって知ってるだろ？」

誠志郎さんは意味ありげにちょっと笑って寝てる俺の腰をするりと撫でた。

それだけでびくっと反応しちゃう俺は終わってると思う。ヤバいくらい開発されちゃってるよなぁ。

確かに好き勝手やってるかもね。むしろそこに関しては自重《じちょう》してない。

「夕方、ちょっと走ってくる。日が落ちる前には戻るけどな」

「うん」

申し訳ないなって気持ちはやっぱりあるけど、とりあえず義務感じゃないってことはわかった。

「夕方には木原たちも起きてるだろうから、一緒にいろよ」

「わかってる」

宗平たちがいれば安全度は高くなるってことなんだよね。走り込みに行くって言うことで、俺の気もすむって考えたんだろうし、かえって気を遣わせちゃったかもしれない。

うーん、難しいな。こんなふうじゃなくて、もっとナチュラルに出来ればよかったんだけど上手《うま》くいかない。

俺だってさ。誠志郎さんのために出来ることがあればしたいって思うんだよ。恋人だしさ。

あれこれ考えながら布団でゴロゴロしてたら、いつの間にか眠っちゃってたらしくて、これじゃ安心して出かけろなんて言えた義理じゃないなって起きてから猛反省した。昼近かったけど、全然腹減ってなかったから昼ご飯は飛ばして、三時頃に大八木さんたちの部屋に行った。昼前後に大八木さんは溝口を連れて散策に行ったらしいよ。昼ご飯も出先で食べたらしい。溝口を置いて行かなかったのは大正解だよな。一人にしたら言いつけを聞かず高校生たちのとこへ行きそうだし。

さすがに宗平たちは起きてた。腹減ったって騒ぐから売店で買ったお菓子あげて静かにさせた。大八木さんが。

で、誠志郎さんは走りに行ったよ。暗くなる前に帰って来るって。

「なんかおもしろいもの、あったんですか？」

「祠《ほこら》があったよ。龍をまつってた。昔はこのあたり水害があったのかもしれないね。あとは旅館の幽霊話について聞いたり」

「地元の人に会ったから聞いてみたんだよ。そう言えば十年くらい前にちょっと流行《はや》ったね……みたいな反応でしたよね、大八木先輩」

「流行った、って……」

「いやほんとにそういうニュアンスだったんだ。実はがっかりするような話も聞いてね」

「がっかりする話？」

「そう。ある意味で納得する話というかね。十年くらい前に旅館を買収しようとしてた会社があって、そのへんが噂流したんじゃないかって」

「え、そういう系？」

ちょっとびっくりした。居残り組は全員目を丸くしてる。まさかそんな裏事情が出てくるなんて思ってなかった。

「汚い大人の世界かよー」

「みたいだね。経営が上手くいってなかったのは確かで、もう一押しくらいのヤバさだったらしいんだけど、タイミングよくいろいろあって持ち直して新館まで建てちゃって、当時の微妙な噂だけ残った、と」

ヤバかったとき、人気ドラマの撮影が近くで始まって、出演者とか撮影隊が泊まって、そうしたら出演者のファンが「聖地」とか言ってよく来るようになって、ついでに旅館側も死ぬ気で改革もして現在に至ってるらしい。ドラマのタイトル聞いて納得した。見てなかったけど、知ってた。かなり話題になってたやつだ。

それにしても、なんだか気の抜けた話だなー。

「この話、高校生にしないんですか？」

「しないよ。言ったところで納得するとは思えないしね。とりあえずうちの合宿はもう成果出したから、後は各自温泉旅館を満喫すればいいよ」

成果って言うんだろうか。いや、成果だよな。冬の合宿なんてＵＦＯ観測って名目だったのに、実際には天体観測だったもんな。うん、星がきれいだったよ。

「神田さんが帰ってくるまでトランプでもしてようか？」

「トランプかー」

「また怪談でもいいけど」

「いやトランプで！」

みんなの心が一つになったね。溝口まで叫んでたし。

それから五人でババ抜きとか七並べをしてたら、ノックの音が聞こえてきた。びくっとしちゃったのは俺だけじゃなくて、隣で園田さんもしてた。

訪ねて来たのはやっぱりと言うか高校生たちだった。高校生のくせに二泊とは生意気だな。まぁここ安いけどね。

「どうしたの？」

「サークル活動のことを教えてもらおうと思って。参考にしたいんです。うちいまは同好会だけど、クラブにしたいと思ってて」

牧ノ崎っていう高校の場合、部員が七名以上で同好会の活動を一年以上してるっていう実績があると部に昇格するシステムらしいんだけど、部活動の掛け持ちについては厳しくて、名前を貸してもらうのも二人がやっとだったんだって。それで新入生に賭《か》けてて、そのためにアピールポイントが欲しいみたい。うち、総勢八名だもんな。しかも篩《ふるい》にかけて……って別にそのへんの事情は高校生たちが知るわけないけど。

　ぶっちゃけ、簡単だと思うけどね。初対面の相手にいきなり守護霊の話とかしないようにすれば、そこそこ集まるんじゃない？

　話してるのは代表のやつで、もう一人は黙って話を聞いてて、小淵沢はやっぱり俺のことじっと見てた。溝口はワクワクしてるし、宗平はカリカリしてるし。

「会として客観的なアプローチをするか、オカルトをネタに騒ぐのを目的とするか……が、手っ取り早く人を集められるかもね。ちなみにうちは前者。科学的な検証をいっさい否定するタイプの人は断ってるよ。もちろん信じるのはＯＫ」

　こいつらには難しそうだなぁ。なにしろ小淵沢っていう霊能者とその信者って感じだもんな。小淵沢が何年か後に教祖様とかになってたらどうしよう。でも思春期過ぎたら急に目が覚めるってのも、十分あるかも。出来れば後者希望。

　って考えてたら、小淵沢が俺を見ていきなり言ったよ。

「檜川さんはどういう考えなんですか」

　名指しはやめろ。いまはそっちの代表と大八木さんが話してる場であって、俺は関係ないだろ。どうすんのこれ。まさか「付きあいで入ってます」なんて言えない雰囲気。言ったら怒り出しそうで嫌だな。

ちょっと言葉を選んでみよう。

「……俺は、知識だけは豊富なタイプかな。怖がりだけど」

これでどうだ。信じる信じないとか好き嫌いにはノータッチ。でも嘘はついてないぞ。実際あの怪談は怖かったし。

「そうだね。うちで一、二を争うくらい客観的だよね」

大八木さんの助け船入りました。一対一でしゃべらせたらマズいって思ってくれた模様《もよう》。さすがいざというときだけ空気を読んでくれる大八木さん。普段はあえて読もうとしない大八木さん。お願い、出し惜しみしないでください。

せっかく大八木さんが言ったのに、小淵沢はスルーした。目も向けないしまったく聞いてもいない感じがする。

本人の代わりに俺がムッとしちゃったよ。だから今度は俺が小淵沢の視線を無視して大八木さんに笑いかけた。

「一応創立メンバーだし」

「だね」

「守護霊は信じませんか」

だから前後の会話をいっさい無視すんのやめろっての。あーこのパターンは嫌ってほど覚えがあるよ。ほんとに人の話聞かないやつばっかだな。

宗平はとっくに危機感募《つの》らせて警戒態勢だし、園田さんも気付いたっぽくて困ってる。わくわくしてる溝口は置いといて、大八木さんはいつも通り物腰だけは柔《やわ》らかいけど、小淵沢を見る目は冷たくなってる。

「なにか感じたことあるんじゃないですか」

「いやー……ないと思うよ」

もっと強大な存在感がいつも近くにあるし、実際俺のこと守ってるから守護霊みたいなものだよね。人間だし恋人だけども。

つーか嫌じゃん。守護霊とか本当にいたら、恥ずかしいこと全部見られてるわけだろ。絶対嫌だって、そんなの。

「守護霊意識するやつなんて普通いねーだろ」

とうとう宗平が口挟んできたよ。黙ってられなくなったんだな。言い方がもうイラついてるっていうか吐き捨てるみたいになってるよ。

けど小淵沢はこれも無視した。本当に聞こえてないみたいだった。

「僕は昔から、ずっと守護霊の存在を感じてましたよ。いつも一緒で、心強かった。彼がいるから一人でも平気だったんです」

ちょ、ちょっと待って。気になるキーワードが出ましたけど！　一人って、それはもしかしてハブられたり、いじめられたりしてたって意味？　それとも家族の帰宅が遅くて一人の時間が長かったって意味かな？　出来れば留守番ってほうがいいなー。よく知らない子だけど、あまりヘビーな事情は精神的に歓迎出来ないっていうか……。

それにしても「彼」なんだ。そうか性別もはっきりしてるんだな、小淵沢くんのなかでは。ひょっとして会話とか日常的にしてんのかな。だったらごめん。俺は全力で君から逃げたいです。怖いんですけど。

いまも目はあわせないようにしてる。でも向こうからの視線をビシビシ感じる……。やめてー俺のこと見ないでー。

「いつか僕にとって重要な人に出会ったら、そのときは彼が教えてくれるって思ってたんです。実際、教えてくれました」

嫌な流れになってきたよ。この先聞きたくないから逃げてもいいかな、いいよね。だってその重要な人って、どう考えても俺だよね。自意識過剰って言われても、過去の経験上そうとしか思えない。もう帰ってくれないかな三人とも。

普通引くだろ、こんな話。なのに高校生二人とも感動したような顔してるぞ。いや感動するような場面じゃないよね？　引くとこだよね？　本当に大丈夫かこいつら。集団催眠にでもかかってるんじゃないのか？

なんか小淵沢がぐいぐい来るんだけど。いや物理的な距離がね、すごい勢いで縮まってるんだってば！

「おい、こいつに近付くなって」

宗平があいだに入って、遅れて園田さんも助《すけ》っ人《と》に。ありがとうございます。

でもやっぱり小淵沢はめげなかった。このくらいでめげるやつに俺は遭遇したことないんだよ残念ながら。

目がマジすぎて怖い。なんでいつもこうなんだよ。今回だって俺はなにもしてないじゃん。だって一番最初に目があう前からこいつ俺のこと凝視《ぎょうし》してたもん。

「檜川さんがそうだって教えてくれてます。一目でわかったんです……！」

いや、それって――。

「俗に言う一目惚れだろう。珍しいことじゃないな」

誠志郎さんの声だ！　広縁のほうを見たら、直接こっちに来たみたいでガラス戸がもう開いてた。

走るときは邪魔だからって眼鏡はしないし息は少し上がってるし、汗で髪とか濡れてるしで、普段と違ってセクシーさがダイレクトでちょっと目の毒だった。もうね、いつも皆に見せてる硬質な感じと

か、いまは目減りしちゃってるからさ。

みんな黙り込んでる。さんざん人の言葉を無視してきた小淵沢も、さすがに誠志郎さんの存在は無視出来なかったみたいで、視線がやっと俺から外れた。

格好いいよな。ランニングウェアも決まってる。ストイックな感じと色気がいい感じに混じってるんだよね。

「早かったね」

予定よりずいぶんと早い。これってやっぱり宗平が呼び出したってことかな。さっきからスマホ弄《いじ》ってたもんな。

「天気も悪くなってきたしな」

「ほんとだ」

空はすっかり厚い雲で覆われてて、いまにも雨が降ってきそう。傘《かさ》持って来なかったよ。降ったとしても明日のチェックアウトまでに止むならいいか。

「また勝手に運命の相手にされたみたいだな」

「みたいだね……」

いやもう苦笑するしかないっていうか脱力してます。なんかペース上がってる気がする。ほんと最近多いな。

「また……？」

そうだぞ、俺のこと運命の相手呼ばわりするのはおまえだけじゃないんだぞ。さすがに守護霊が教えたパターンは初めてだけどな！

「こいつってさ、自称前世の恋人ってやつにつきまとわれたり、何年も前に勉強教わってたやつに粘着されたり、ゲーム内でパーティー組んだだけの男にストーカーされたりしてるんだぜ。それ以外にも運命で決められてる、とか言ってくるやつが何人もいたんだ。いまさら守護霊くらいじゃ驚かねぇからな」

「そういう問題でもないと思うけどねー……」

さらに言うと驚く驚かないの問題でもないよ。にしても羅列《られつ》されるとへこむなぁ……俺どれだけ男に狙《ねら》われてんの。

「いや、そういう問題だろ。一目惚れに変な設定付けしてるだけじゃん。前世も守護霊も理屈は一緒だよ」

「僕は違う！」

宗平の援護射撃に小淵沢が食ってかかった。自分は違う一緒にすんな、って感じ。いやいや一緒ですよー。

「ちなみに前世男は、こいつが本気で嫌がっててもいちいち都合よく解釈して『まだ記憶が戻らないんだね』で大抵のことはすませてたぞ。間違っても『守護霊の囁《ささや》きが君には聞こえないんだね』とか言うなよな」

そのセリフは悪い意味でぞくぞくする。っていうかナチュラルにそれが浮かんだ宗平はもうかなり毒されてると思うんだ。実際言いそうだしな。

小淵沢はぐっと黙り込んでる。似たようなセリフを吐くつもりだったのかも。

「っていうか、さっきの否定はどれに対して？　こいつに一目惚れしたってのも否定すんの？」

「それは……っ」

言葉に詰まって赤くなるとか、マジで勘弁《かんべん》して欲しい。さっきから友達がドン引きしてるぞ。守護霊だなんだって話には付きあえても男同士の恋愛は無理なんだな。

そういうものかもね。けど俺はむしろ逆。父親が父親だからさー……うん、嫌悪感とか持たないように、さらに俺の恋愛対象が男になるように教育されたもんな。ある意味で英才教育。ってそんな英才教育嫌すぎる……。

ちなみにうちの父親は本当は叔父《おじ》さんだ。会ったこともない実の父親の弟ね。でも事情があって俺は実子ってことになってるし、ちゃんと親子って意識もお互い持ってるよ。仲もいいし、すげー大事にされてると思う。

なんたって誠志郎さんを教育して、満を持《じ》して俺のところに寄越したくらいだしさ……俺とくっつくこと期待して、ってのヤバくない？　結果的には感謝してるけど。

小淵沢の視線を浴びながらも無視してあれこれ考えてたら、誠志郎さんの声がした。

「大八木、どうにかなるか？」

「しましょう」

即答だった。なんか知らないあいだに小淵沢に指導入れることになったみたい。

ありがとうございます、よろしくお願いします。まだ若いので真っ当な道に戻してやってください。

犯罪に走らないうちに！

これは無事解決すると思っていいのかな？

俺は誠志郎さんに促《うなが》されて自分たちの部屋に戻った。ちゃんとシューズは回収したよ。

部屋に戻ってすぐ、雨の音が聞こえてきた。やっぱり降ってきたんだ。

「シャワー浴びてくる。今日は一人で大丈夫か？　無理そうなら入って来いよ」

あーどうしよう。大丈夫だと思うんだけど、やっぱ念のために一緒に入っちゃおうかな。

あ、夕食のときにエロい雰囲気出ちゃうとマズいから、エッチなことはしないでね。

なんとなく大八木さんに任せれば大丈夫な気はしてた。勝算がありそうな顔してたし、安請《う》け合いなんかしない人だし。

とにかく夕食会場に行ったときには、小淵沢は魂《たましい》が抜けたみたいだったし、ほかの二人は怯《おび》えてた。数時間のうちになにがあったんだろう……。

ついでに宗平たちも疲れた顔してるぞ。

「えーと？」

「大八木さんの話がある意味怖くてさぁ」

視線遠いぞ宗平。園田さんも溝口も黙って頷いてる。

近くの席にいる高校生たちは食欲ないみたいだな。昨日の夜はすごい勢いで食べてたのにテンション低い。

で、当の本人はすました顔で黙々とご飯食べてる。

「ある意味？」

「精神的なほうな。妄想がどんどんひどくなってヤバいことになった実例とか、集団心理がどーとか、なんかそういう感じ？　わりとエグかった」

全然わかんないけど、つまり高校生たちの状態を真っ向から否定したわけか。でも最初からガツンとは言わないはず。まわり込んで気がついたら……ってパターンだったみたい。

「自分たちのことだってわかったんだ？」

「じわじわな。で、薄々気がついて反感持ちかけたあたりで、ドーンと本題に入った。昨日あいつらが話してたじゃん。小渕沢がいろいろすごいってやつ」

「ああ」

なんかいろいろ話してたよな。俺はほとんど聞いてなかったけどさ。

「あれをまず一つ一つ潰してったんだよ。容赦なかったぞ」

大八木さんは基本的に否定しないスタンスだけど、その気になれば論破出来ちゃうんだよな。普段は「どうせ聞く耳持たないから」とか言ってるけどさ、たぶんそれ面倒なだけなんだと思う。まぁ労力はいるよね。相手の性格にもよるだろうし。

小渕沢たちならいけるって思ったんだろうな。たぶんあれだ。ごっこ遊びがエスカレートしちゃったんだと思う。

「集団催眠状態から抜け出した感じ？」

「わりとな」

「よかった」

「一安心みたいな顔してっけど、一目惚れのほうはそのまんまだからな」

「え……」

そんな、ついでにそっちも目を覚まさせてくれればよかったのに！　思春期なんだし、錯覚ってこともあると思うんだよね。自分で言うのも虚《むな》しいけど男受けいいしな、俺……。

「ま、恋愛に関しては僕が口出すことじゃないからね。犯罪行為をしてるわけでもないんだし」

えーそんなぁ大八木さん。

「想うのは自由ってことですよね！」

だから溝口、おまえはいい加減にしろ。

テーブルの下で溝口を軽く蹴《け》ったら、なんでって顔で見られた。いやいや、むしろ俺が「なんで」だよ。わかるでしょうが理由は。

困った顔で誠志郎さんを見たら、いつもみたいに冷静だった。

「実害が出たら対処する」

誠志郎さんがそう言うなら、いまのとこはいいのかな。あいつらの高校って遠いし、目の前にいなくなれば忘れてくれるかもしれないし。過去の事例が事例だから、あんまり期待はしてないけどさ。

とりあえず祈っとく。

うん、この肉美味《おい》しいね。せっかくのご飯なんだし、厄介《やっかい》なことは考えるのやめよう。

「で、明日はどうするんですか？　チェックアウトしたらそのまま直帰《ちょっき》？」

「それももったいないから、観光して帰ろうかと思ってる。神田さん、レンタカー借りててもいいですか？」

「ああ」

「じゃあ駅まで行ったら車借りていろいろ見てまわろう。あちこちでいちご狩りもしてるらしいよ」

ちょっと楽しみになってきた。幽霊とかそういうのはもうお腹いっぱいだから、普通に遊び倒したいな。船下りとかもあるみたいだしさ。

夕ご飯が終わって解散して、今日はもう集まらないで明日の朝、八時に朝食会場前で、ってことになった。

昨日と違って今日は部屋にいても静かってことはない。雨も降ってるし、川の音が結構すごいんだよ。山のほうでも雨が強いみたいで川が増水しちゃってるんだって。昼間までとは全然違ってびっくりした。透き通っててきれいな小川だったのに、いまは音立てて勢いよく流れてるっぽい。暗くて見えないけど、きっと茶色い水だ。

氾濫《はんらん》するんじゃ、って心配してたんだけど、旅館の人によると雨が降るといつもこうなんだって。増えたっていってもたかが知れてるらしくて、まだまだ全然余裕って言ってた。それにここ一帯の雨はもう止みかけてるらしい。

「明日は天気いいみたいだよ」

「そうか」

俺は窓辺に置いてある肘掛け椅子に座ってぼんやり窓の外を見つめてたとこ。風呂上がりでちょっと暑くて、浴衣の衿のとこ広げてパタパタ煽《あお》いでた。もう収まったけどね。

景色はほぼ見えてない。ぽつんぽつんと家の明かりっぽいものが見えているんだけど、街灯《がいとう》がなくてとにかく暗い。

誠志郎さんがカーテンを閉めたのは当然だよね。だってどうせ見えないし。

「なんでそんなキッチリ着てられんの？」

誠志郎さんの浴衣姿は決まってる。まったく着乱れてないし、ものすごく似合ってて、旅館のぺらぺらな浴衣には見えないんだ。超格好いい。

でもって、なんか妙に色気があるというか、なんというか。

それに比べて俺のはもうぐちゃっとしてる。いつの間にか裾が割れて膝丸出しだった。

「誘ってるなら、襲うぞ」

「誘ってないけど……うん、襲うのは別にいいよ」

浴衣姿が格好いいせいか、なんだか俺もその気になっちゃってる。自分から誘う気はなかったけど、言われたら断らないくらいにはムラッとしてる。

性欲くらいあるよ。そんなに強いほうじゃないと思うし、誠志郎さん以外としたいなんて思ったことないけどさ。

男なのに抱かれたいって思う自分には、いまでもちょっとだけ思うとこがある。抱きたいと思えないし、俺の本能みたいなものどうなっちゃってんのとか、もしかして自覚ないだけで俺ってガチなのかな、とかさ。考え出したら止まらなくなりそうで、あえて深く考えないようにしてる部分もある。身内が身内だし、ありそうな気がするし。

でもゴチャゴチャ考える必要もないのかな、とも思ったり。だって抱くとか抱かれるとかより、誠志郎さんと触れあって繋がって、気持ちよくなりたいってほうが強いんだ。それで幸せな気持ちになりたいって。

だから立場なんてどっちでもいい。誠志郎さんは俺を抱きたいって超はっきりした希望というか欲望というか、強い意思があるから、だったらそれでいいじゃん。ぶっちゃけしてもらうの気持ちいいしさ。後ろでいくのって、ヤバいくらいイイしさ。

「期待してるみたいだな」

くすって笑って、衿に手をかけられた。笑われたっていっても馬鹿にしたり蔑《さげす》んだりみたいな響きはまったくないよ。そういうんじゃないからね。安心と信頼の紳士《しんし》っぷり。うん、まぁケダモノ化することがあるのは否定しない。

「わっ……」

乱れた衿元から見えてた鎖骨《さこつ》にがぶっと噛《か》みつかれた。

痛くはないけど。むしろなんかちょっと、ぞくぞく来ちゃったけど……。食われる、って感じがしてたまんない。こんなんで期待値MAXになっちゃうあたり、俺ってヤバいとこまではまり込んじゃってるんだろうなぁ。

誠志郎さんが俺の前で腰を落として、俺の膝を左右に割った。浴衣だから、そのままパンツ取られて丸見えだよ。

わりといきなりだね。いいけどさすがにちょっと恥ずかしい。さんざん見られてきてるし、いろんなことされてきてるのに。

「いい眺《なが》めだな」

「その顔エロい……」

「蒼葉ほどじゃねぇよ」

異議ありです。絶対に誠志郎さんのほうがエロいんだからな。

って思ってたから、カパッと大股開きにされちゃって、左右の肘掛けにそれぞれ脚《あし》を乗っけられた。すごい格好だよこれ。慣れてるはずなのに顔赤くなった。

「相変わらず柔らかいな」

おかげでいろんな体位が出来るというか、させられてるというか。いまの格好だって、柔らかくなかったら無理だよね。

誠志郎さんは膝を撫でてからゆっくり顔を近付けてきて、俺のものに舌を這《は》わせた。

今日はいきなりそこからなんだな。ダメだ力抜ける。

「はっ……ぁ……」

舐め上げられて吸われて、腰がガクガクしてきた。古い旅館だから俺のよがり声が聞こえちゃうんじゃないかって心配があるんだけど、川の音がすごいし大丈夫かな。それに声抑《おさ》えるのって誠志郎さんが喜ばないんだよね。我慢しようとすると、泣くほど焦《じ》らされるんだよ。どうやらペナルティらしくて、そういうこと何回かされたから俺も一応学習した。

浴衣の帯はそのままで、胸元開かれて肩からも衿落とされた。

水っぽい音が川の音に混じって聞こえて、そのたびに俺はあられもない姿で喘《あえ》いだ。

快楽には逆らえない。自分でもびっくりするくらい俺は快感ってものに弱くて、気持ちよくされればされるだけされるがままになってしまう。

そういう自分を知ったのは、もちろん誠志郎さんに抱かれるようになってからだ。もしかしたら誠志郎さんに変えられちゃったのかもしれない。

胸も弄られて、俺はもう悶《もだ》えるしかなかった。

「あっ、ぁあ……」

気持ちよくて、どんどんそれが強くなってきて、足の爪先がピンと張る。でもいく寸前で、急に誠志郎さんが顔を上げた。

思わずなんで、って顔で見たら、なにも言わずに今度は胸にキスしてきた。強く吸って舌先が転がして、軽く歯を当てて――。

「ぁあっ、ん……」

痺《しび》れるみたいに快感が走り抜けてくのに、誠志郎さんはなかなかいかせてくれない。旅先だから明日に響くようなことはしないように、って考えてるのかもしれないし、単に焦らして楽しんでるだけかもしれない。

そのうち後ろに指入れられて、胸と同時にさんざん弄られた。

とっくに俺は後ろだけで感じるようになっちゃってるから、指動かされるたびに気持ちよくてしょうがなくって、あんあん言いながら椅子の上でのたうった。

絶頂までいかないようにぎりぎりのところで快感を与え続けるから、俺はもう半泣きだ。いきたい、ってお願いしちゃったくらい。

結局、お預けくらったけどね！

指が俺のなかから出て行って、てっきり布団の上に場所移してくれるのかと思ったら、誠志郎さんはそのまま入れてきた。

「あっ、ぁあ……っ」

ガツガツ突かれて、あっけなく俺はいった。けどほんのちょっと待ってくれただけで、すぐにまた責められて、俺はほとんど動けないまま喘ぎ続けた。

なんか一方的に責められる感じで……それがちょっと俺の気分を盛り上げたことは否定しない。

肘掛け椅子の上で何回もいかされて、何回か出されて、最後のほうはもう記憶も曖昧だった。

水の音が俺の声はかき消してくれたと信じよう。


って思ってたんだけど、翌朝旅館内ではヤバい噂が流れてた。

「マジで？」

「聞こえたんだって。絶対あれ川のほうからだったよ」

えーと……なんか、川の音に混じってすすり泣くような声や悲鳴が聞こえた、って話なんだけど。

もちろん旧館で。

「それって子供の声だった？」

「うーん……子供……かどうかは……」

「外から？」

「だと思うけど、あー……うーん、どうだったかなぁ」

隣のテーブルの会社員たちは相当盛り上がっていて話が丸聞こえだ。幽霊目当てで来たわけじゃないみたいだけど、その手の話は好きみたいだ。

会社員たちの部屋は二階らしい。あれ、もしかして俺たちの上とか……？　いやいや、まさかそんな。ねぇ？

「よその部屋でヤッてたんじゃねーの？　女のアノ声だったりして」

「いやでも、旧館には女泊まってたっけ？」

「俺らが見てないだけかもよ」

「うーん……」

やっぱり俺の声？　違うよね。そこまで俺デカい声出さないよね。っていうか、ここそんなに防音ダメなのか？　川の音がそう聞こえただけだよね？

朝食のバイキング会場で、俺は無言になってた。食欲ゼロだよ。

うちのグループの半分は微妙な顔してる。俺は当然だし、宗平と園田さんは「深く考えないぞ、俺たちはなにも気付いてないぞ」的な顔だし。なんかごめん。

いつの間にか俺と誠志郎さんの関係はサークル内では正しく認識されちゃってた。去年からいろいろ続いてて、俺が男からアプローチ受けてたり襲われたりしたのもわかっただろうし、誠志郎さんとのあいだに流れる空気にも気付いたらしい。まぁそうだよね。誠志郎さんはまだしも、俺ってそういう雰囲気ごまかせないタイプだし。

でも態度変えないでくれてる。いい人たちだよな。

溝口はまた目を輝かしてるけど無視した。詳しく聞きたいって気持ちがどーんと出てきてる。鼻膨《ふく》らませるなよ。はぁはぁうるさいんだよ。変質者みたいだぞ。

隣の誠志郎さんは涼しい顔だ。昨夜のエロエロっぷりが嘘みたいで、相変わらず詐欺《さぎ》かよってくらいのストイックさ。

そのうち会社員たちは食べ終わって帰っていったけど、入れ違いに別のグループが来て、噂を始めた。直接聞いたわけじゃなくて、そういう話をしているのを聞いた、ってことみたいだけど。

「こうやってまたエピソードが増えていくんだね」

大八木さんの呟きが痛い。大学で似たような噂があったけど、まさか自分たちが同じような話を作っちゃうとは思わなかったよ。

「よくある話なんじゃないか?」

「そうかなー……」

なんかパンが喉《のど》を通っていかなくなったんだけど。

って思ったら、黙ってコーヒーを差し出してくれた。誠志郎さん、真横にいるのになんでわかったんだろう。

「ありがと」

カップを受け取るときに手が重なったけど、まぁいつものことだから気にしない。

目の前で約一名がじたばた悶えてるのは無視することにした。

不条理にせつなく

怒濤《どとう》の半年が過ぎて、なんとか俺は大学二年になった。

去年の秋から本当にいろいろあって、俺の人生は大きく変わったと思う。父さん外国に行っていなくなっちゃうし、恋人出来たし……しかも同性の。

そういう可能性をまったく想像してなかったと言ったらたぶん嘘《うそ》になる。父さんがゲイなのを知って、そっちの世界が身近だったから。けどまさか本当に自分が……って感じ。

あ、怒濤とは言ったけど、大学のことは別に問題なかったよ。真面目《まじめ》に出席してたし、試験だってばっちり。単位余裕でした。

けど俺はいまかなり憂鬱《ゆううつ》だ。

「本当に入って来るとは……」

例のあいつ——俺に執着して、ついには襲ってきたやつが、この春うちの大学に入学して来たんだ。

もともとはオンラインゲーム上での知り合いで、当然互いに本名も年も顔も、なにもかも知らない間柄だった。知ってたのは互いのユーザーネームくらい。俺が男だってことは、別に名言はしてなかったけど、ゲーム内でやりとりしたときの一人称とか、ちょっとした話題でわかってたはず。

なのに向こうはなぜか俺をやたら気に入って、ネット上でつきまとってきた。ちょっとログインしないでいると大騒ぎしてゲーム内チャットで呼びかけるし、ログインしたら大量のメッセージが入ってるし……。で、これはヤバいって思って俺はすぐゲームをやめてアカウントも消した。けどやつは俺をずっと探し続けてたらしい。

これは結構後になって聞いた。俺がいなくなってからも……っていうかいなくなった後はさらにひどくなったらしくて、とうとうゲームの運営会社からアカウント削除くらったんだってさ。

理解できない……。なんでゲーム内でちょっと関わったくらいの相手に、そこまで出来るんだろうね。なんか勝手に俺に、っていうかアオイって名前のプレーヤーに夢見てたみたいだけど。

とにかくユーザーネームにデウスなんてつける痛々しい高校生が俺を見つけ出したのが今年の一月だったんだ。

デウスってラテン語で神さまのことなんだってさ。さすが思春期……なのかな？　俺はそういう全能感みたいなのなかったからよくわからない。

やつは俺が一つ年上の男だって知っても、我に返ってくれなかった。非常に嬉《うれ》しくないことに、俺の見た目はむしろ好みだったらしい。

イメージ通りって言われたし、キスもされたし。

そんなことになったのは溝口《みぞぐち》のせいだ。溝口は悪気もなく俺のことあのストーカー高校生に教えやがったからな！　本当に、ものすごく軽い気持ちで、俺をいろんな男とからませたいとかいう自分の欲求のために……。まさか俺を襲うなんて思ってなかったみたいで、そこは一応反省したっぽいけど懲りてはいない気がする。だってまだ連絡取り合ってるしさ。

デウス……こと伊崎和哉《いさきかずや》がうちを受験したことも合格したことも、溝口を通じて知ったんだ。すべて当人から聞いたらしくて俺が聞いてもいないのに教えてくれた。まあ受けた以上は受かるとは思ってたけどね。だって開英《かいえい》高校にいたんだぞ。東大進学率が高いことで超有名な進学校だよ。だから伊崎はうちの大学は余裕だって笑ってた。

「もうすぐだね……！」

うきうきすんな溝口。それでもって少しは隠す努力をしろよ。俺は一応被害者なんだぞ。別にトラウマはないし、伊崎を恨《うら》んだりもしてないけど、多少は気を遣《つか》え。いや溝口にそういうの求めても無理だってわかってるけどさ。

いま俺たちはいつものように空き教室でサークル活動をしてる。今年度最初の活動で、さっきまでは相談者の相手をしてた。今日は事前予約制で人数も三人だけだった。なぜかっていうと、これから新会員の面接があるからだ。

そのなかにはもちろん伊崎の名前があった。

うちのサークルは勧誘もしてないし、チラシも配ってない。なのに伊崎以外にも五人も入会希望者が来てて、新入生はそのうち三人。つまり二人は在校生ってことだ。まぁ別に募集は新入生に限定してるわけじゃないからいてもいいんだけど、二人とも去年一度面接で入会に落ちた人たちなんだって。そうまでしてうちに入りたい理由がわからない。誠志郎《せいしろう》さんの調べた限り俺目当てでもないらしいから、伊崎以外は静観するって言ってた。

「俺は離れてますからね」

「うん」

教室にはいるけどノータッチ、って姿勢をあらためて宣言すると、大八木《おおやぎ》先輩はわかってるって顔して頷《うなず》いた。

入会希望者と話すのはもちろん大八木さんがメインで、両隣を宗平《そうへい》と園田《そのだ》先輩が固める。宗平は一応会の立ち上げメンバーだし、園田先輩はその知識と人柄で選ばれた感じ。ほかの三人は少し下がって見学だ。俺と誠志郎さんもね。

時間になると、ぞろぞろ入会希望者が入ってきた。伊崎は三人目に現れて、入ってくるなり俺を見つけて、ぺこって軽く頭を下げただけで、なにごともなかったみたいに視線を外していった。

あれ？　意外な反応。もっとこう、テンション高いと思ってたんだけど……いや、俺的にはありがたいんだけど。

「なんか普通……」

俺の隣を陣取ってる溝口がショックを受けたように呟《つぶや》いた。こいつのことだから、がっかりするのまでは予想できたけど、この世の終わりみたいな顔するのは驚きだよ。そんなに俺と伊崎の再会を楽しみにしてたのか。

伊崎は前に見たときよりも大人っぽくなってる。背も少し伸びたような気がするし、なんとなくだけど雰囲気が穏やかになったような……？　前はギラギラしてたからなぁ。まぁ俺に会っていろんな意味で興奮状態だったせいかもしれないけど。

相変わらずまぁまぁイケメン。本物のイケメンを見慣れてる俺基準でまぁまぁだから、世間的にはかなりレベル高いんじゃないかな。つくづく理解できないよ。顔もよくて背も高くて頭もいいなんて、超優良物件じゃん。なんでわざわざ年上の男に執着するかな。

ほんと、なにも知らない状態で見たら、スポーツマン風のイケメン優等生なのに。

「略奪愛は？　三ヶ月ぶりに蒼葉《あおば》くんに会ったのに、なんで……」

溝口が隣でブツブツ言ってて怖い。会った途端《とたん》に激情があふれて俺に向かって駆け寄ってきて、愛を叫びながら抱きしめようとしたところを誠志郎さんに阻止される……と思ってたらしい。

うーん……妄想だとか言って笑い飛ばせない。何ヶ月か前に会ったときの伊崎は、いかにもそういうことしそうだったし、俺もある程度のことは覚悟してたから溜め息ついてたわけだし。

「かえって怖いんだけど」

不気味なほどおとなしいよな。なんか企んでる？

小さな独り言《ひとりごと》に、誠志郎さんはなにも言わなかった。たぶん同じ考えなんだろうし、俺よりもさらにいろいろ考えてるんだろうし。

で、別の意味でいろいろ考えてる溝口は、俺の呟きに「ハッ」って言った。息を呑《の》んだんじゃなくて、実際に声に出してた。

「そうか。きっと作戦なんだ」

「は？」

「伊崎くんのあの態度だよ。自分はもう危険じゃない、反省したし成長したし分別もついた……ってアピールして、蒼葉くんの信頼を勝ち取ってから落とすつもりなんだよ。すごいよね。やっぱり蒼葉くん愛されてる……！」

なんかすごい鼻息が荒い。っていうか愛なのかなぁ、あれって。執着されてる感じはするけど、愛は違う気がするし、恋かどうかもあやしくないか？　じゃあなんだ、って言われても答えは持ってないけどさ。

面接は個別じゃなくて、いっぺんにやるらしい。大八木さんたちと机を挟《はさ》んで五人がずらっと並んで座った。

まずは簡単な挨拶をして、自己紹介。

「興味のあることや好きなことを順番にどうぞ」

あ、志望動機とかはいいんだ。まぁそうだよね。普通はこっち方面が好きだから入ろうと思うわけで、それはいまの質問に答えることで十分わかるんだし。

一人目はちょっと面食らって、一拍置いてから口を開いた。

「あー、えっとＵＦＯとか宇宙人とか、そっち方面」

「なるほど。はい、次」

「僕は、あの、ホラー映画が好きです……！」

「映画鑑賞？」

「はい」

「そう。じゃあ次の人」

大八木さんはテンポよく聞いていく。深く掘り下げる気はないみたい。とりあえず全員の答えを聞こうって姿勢らしい。

後は心霊スポットに行くのが趣味って人と、占い好きの人。で、いよいよ伊崎だ。

「俺は都市伝説……特に心霊系の話と、その元になった話みたいなのを調べるのが好きですね」

マジか。いや、サークルに入るための嘘かもしれない。そのへんは大八木さんがじっくり話聞いて判断すると思うけど。

五人全員に聞き終わったところで、大八木さんは最初の人に戻った。どうも三年の人らしくて、心なしか態度が大きい。それでさっきから俺のことちらちら見てる……。

「ところでＵＦＯとか宇宙人に関しては、どういうスタンス？」

「スタンス？」

「真偽について、どういう意見があるのかなってことだよ」

「は？　真偽？」

「うん。だってほら、あの手の映像や写真は偽物《にせもの》が多いだろ？　そのあたりについて」

入会希望者はなぜかムッとした顔をした。こんなことを聞かれるなんて思っていなかったんだろうな。たかがサークルに入るのに、なんでこんな面接なんかされなきゃいけないんだ……みたいな気持ちなのかも。あるいは噂《うわさ》を聞いてて大八木さんのことは勝手に仲間って感じに思ってたとか。大八木さんがＵＦＯや宇宙人マニアなのはそこそこ知られてるからね。

「いや、そりゃパチモンも多いけど、本物だってあるじゃん。そもそもあのへんは隠蔽《いんぺい》されてることが多いだろ？　エリア51とかさー」

その名前は聞き覚えがある。アメリカ軍の基地かなんかだよね。ＵＦＯとか宇宙人絡《がら》みで出てくることが多い気がする。

「つまりアメリカ政府がそのあたりの情報を隠してると？」

「そう！　やっぱさー」

「わかった。その話はとりあえずここまでね。次の人とも話さなきゃいけないから」

にこっと笑ってぶった切って、大八木さんは最初の人から視線を外した。相手はかなり不満そうだけど、仕方ないとも思ってるみたいでなにも言わなかった。

同じように最後の伊崎まで行くと、その後は雑談みたいな感じでみんなでいろんな話をし始めた。

最初の人がノリノリで続きを言おうとしてるけど、あんまり上手《うま》くいってないみたいだ。

あの人は落ちたと思う。大八木さんって陰謀系の話を信じちゃってるタイプは昔から敬遠しがちなんだ。

離れた場所で、俺はそっと誠志郎さんに言う。

「最初の二人はなさそうだよね」

「そうだな」

最初の人の理由はさっきので、次の人の場合はどう見てもただのホラー映画ファンっぽくて、そもそもカテゴリー違いだ。映画好きの人がいるサークルに行ったほうがいいんじゃないかな。確か映研あったよ。撮るほうもやってるけど、ただの映画好きも多いって聞くし。

それにしても本当に意外だったのは伊崎だ。いろいろと詳しいのなんのって。オカルト系都市伝説については自分で言ってた通りかなりの知識があって、しかもちゃんと裏付けが出来てる。きっかけの事象や事件から、どんなふうに都市伝説になっていったのか……みたいなことがね。心霊スポットにも詳しいし、占いに関しても一部の占いは統計学なんだって言って、そのあたりは大八木さんも大いに納得してた。

うん、これ普通に考えたら合格だなぁ……つまり、俺との因縁《いんねん》を大八木さんがどう考えるかの問題になってきた。

ぼんやり眺《なが》めてたら、ふいに伊崎と目があった。

慌《あわ》てて目を逸《そ》らしてから失敗したな、って思った。だってこれじゃ意識してるみたいじゃん。俺としては、一月のあれはなかったことにして、サークルではただの先輩後輩としてゼロからスタート切りたいとこだったのに。

目があったのは一瞬だったのに、あいつが嬉しそうに笑ったのをしっかり見てしまった。なんだあれ。あんな顔出来るやつだったのかよ。

調子が狂う。ギラギラしたやばいやつ、って印象だったのに、なにキャラチェンジしてんだよ。

「なんか思ってたのと違うけど、あれはあれでいいよね！　年下傲慢《ごうまん》系も好きだけど、さわやか腹黒系も捨てがたいもん」

「腹黒……」

意味わかんないこと言ってる溝口だけど、腹黒って部分にはつい反応してしまった。溝口から見てもやっぱりそうなのか。キャラチェンジじゃなくて好青年の皮かぶってるだけなのか。

相変わらず誠志郎さんはなにも言わないけど、どう思ってるんだろう。

結局伊崎は最後まで俺と個人的には話をしなかった。視線は感じたけど、みんなが不自然に思うほど長いあいだ見てくることもなかったし。

「さて、みんなの意見を聞こうかな」

現会員だけになったところで大八木さんがそう切り出した。

「はいはーい！　新入生三人は合格だと思います……！」

真っ先に言ったのは溝口で、まぁ予想してた意見だった。新入生、というのにはもちろん伊崎も含まれている。ほかのみんなは言いづらそうにしてて、ちらちらと俺と誠志郎さんを見てる。

ようするにみんなも同意見なんだろうな。けど俺たちを気にして、伊崎を合格って言えない感じなんだと思う。

俺も誠志郎さんの考えが気になるけど、客観的に言うことにした。

「最初の二人はないかな、とは思ったよ」

「いいんだ？　彼」

大八木さんが顔を覗《のぞ》き込むみたいにして言った。園田先輩は意外そうな顔で、宗平は俺の性格よくわかってるから特に目立った反応はしてなくて、溝口は目をキラキラさせてる。

真横にいる誠志郎さんの顔は見なかった。なんとなく、見るのやめた。

「客観的な意見です」

「個人的感情で言うと？」

「そりゃ引っかかってますよ。ずいぶんおとなしくなってたけど、どこまで意識変わったかはわかんないし」

むしろ意識は変わってないんじゃないかな、って思う。頭のいいやつだから、最善策を取ってるだけって気がする。

「そうだねぇ……」

「あと、問題起こしたときにみんなに迷惑かかるし」

肝心なのはこれ。絶対にあいつが問題を起こさないなんて言えっこないもんな。助長しそうなやつもいるしさ。

「どう思います？」

って言いながら大八木さんの目は誠志郎さん向けられて、俺以外の全員がそれを追った。

誠志郎さんがダメって言ったらダメなのかな？　いやでも代表は大八木さんなんだし、俺も反対する気はないんだけど、誠志郎さんはどうなんだろ……？

ふっと小さく息を吐いたあと、低くていい声が聞こえてきた。

「大八木の判断に任せる」

「いいんですか？」

「俺が気をつければいいことだからな」

つまり信用はしてない、と。まぁそうだよね。ほんの何ヶ月か前に会ってすぐ襲おうとしたやつなんだし。最初はそのつもりじゃなかったみたいだけどさ。十八歳ってやっぱ理性とかイマイチなのかな。んーでも人によるか。誠志郎さんなんかは十代でもかなり理性的だったんだろうし……いや、うーんどうだろう。エッチんときは、ときどき理性かなぐり捨ててる気がしないでもないしなぁ。あれもある意味、意識して捨ててるのかな？　今日は遠慮しないぜ、みたいな……ううーん……。

「じゃあそういうことで」

俺があれこれ考えてるうちに結論が出てた。どうやら新入生三人は合格ってことになったらしい。そっか、あいつ入ってくんのか。気が重いってほどじゃないけど……なんていうか、面倒なことになる予感しかしない。

だってさ、曲がりなりにも俺のこと狙ってる伊崎と、俺の恋人である誠志郎さんとが同じサークルの仲間になるってことだもん。

これは気を引き締めて行かないと。

ちらっと、ここへ来て初めて誠志郎さんの顔を見たら、相変わらず涼しい顔をしてるだけだった。当たり前か。こんな大勢いる前で感情なんか見せるわけない。それとも本当に余裕なのかな。いまいちよくわからなかった。

翌週の活動日から、新メンバーは全員参加してきた。

「よろしくお願いします」

全員バラバラに来て、それぞれちゃんと挨拶《あいさつ》してくれたよ。自己紹介はメンバーが揃《そろ》ってからして、そこまでは伊崎のやつもおとなしかったんだけど……。

「会いたかったです」

伊崎はわざわざ俺の前まで来て、にっこり笑ってそう言った。

ストレートだな。隣に誠志郎さんがいるのに、その度胸というか根性はすごいって素直に思うよ。並の神経じゃない。グラスファイバーかなんかで出来てるんじゃないか。

「俺んとこに来るな。ほかの新入生みたいにしてろよ」

「しょうがないじゃないですか。あの二人とは入会目的が違うんだし」

うわぁ言い切ったよ。いいのか？　少しは隠そうとしろよ。いくら周知の事実だからって、大八木さんだって聞いてるんだぞ。

でも大八木さんは平然としてる。それくらいわかってる、ってことなのかな。伊崎の知識は本物だし、こっち方面が好きなのは確かみたいだから、別にいいのかも。

本当に好きかどうかは、なんとなくわかるんだよね。俺目当てでこっち方面に興味ある振りしても無駄。前にそういうのが何人かいてさ。ただのサークルなのに面接なんてことしてるのは、そのせいなんだ。

ほかの新入生たちは宗平や園田先輩と話してるから伊崎のことには気づいてないっぽい。

「いろいろ考えて正攻法で行くことにしました。よろしくお願いします、先輩方」

「なんか気持ち悪い」

ぞわぞわってしたぞ。なんだこの低姿勢、っていうか後輩っぽい態度。いや実際後輩なんだけど、初対面のときは思いっきりタメ口だったから違和感が……態度もデカかったし。いまも結構デカいか。一応、後輩っぽい口調なだけで態度は後輩っぽくないし。

こうして見ると、確かに優等生っぽくはある。でも誠志郎さんが演じてる優等生とは違うタイプ。なんていうか運動部で主将もしてる系優等生というかね。誠志郎さんの場合はクラス委員長やってるタイプの優等生だから。

「おまえのそれ、素《す》じゃないだろ？」

「俺は基本真面目ですよ。なんなら親とか高校の同級生とかに聞いてみてくださいよ」

「そんなの当てにならないじゃん。おまえって親にも本性隠してそうだし」

「それもまた俺の正しい一面だし」

伊崎はやたらと嬉しそうだ。あ、ヤバい。なんだかんだ言って普通に話してたよ俺。もっと警戒して突き放さなきゃいけないのに。

隣に誠志郎さんいるし、サークルのみんなもいるから、ちょっと油断しちゃったな。俺も結構図太いのかも。襲われたことは別にトラウマってほどのことになってないしさ。まぁ伊崎の雰囲気とか話し方とか表情とか、いろいろなことが前のときと違い過ぎてて、あのときのこいつと重ならないってのもあるかも。印象の問題かなぁ。

いまさらだけど、椅子《いす》ごとちょっと後ろに下がってみた。誠志郎さんと並んでたんだけど、十センチくらい後ろに。

うん、安全地帯。

「言っとくけど、おまえは要警戒対象だから。身に覚えあるだろ」

「あのときのことは反省しました。若気の至りってことで、許してもらえるとありがたいです。一応反省と誠意を示そうと思って、この三ヶ月会うの我慢したし。態度とか言葉遣いとかも、後輩の分をわきまえて、こんな感じで」

なんか納得した。やっぱり変わったんじゃなくて、意識的に変えてきたんだな。すっかり心入れ替えました、なんて言われたらかえって信じられなかったかもね。

「若気の至りもなにも、まだ三ヶ月くらいしかたってないじゃん」

「成長早いんで俺。いろいろ考えて、ベストな方法選ぶことにしたんです。ってことで、その節は神《かん》田《だ》先輩にも大変ご迷惑をおかけしました」

強いなこいつ。どこに感心するって、誠志郎さん相手に全然身がまえてないとこだよ。普通さ、俺のこと好きとか狙《ねら》ってるとかいうやつって、一番近くにいる誠志郎さんに敵意むき出しだったり虚勢張ったり勝手に劣等感抱いたり、とにかくみんな身がまえるんだ。なのに伊崎は違ってる。心のなかはそうだとしても、態度には出てない。

誠志郎さんが淡々としてることもあって、二人のあいだに流れる空気はかなり穏やかだ。うわべだけなのはわかってる。

「くれぐれも問題は起こしてくれるなよ。ここに入ったからには、なおさらだ」

忠告というか、釘指すのは当然のことだよね。前科あるんだから。当の前科持ちは本当に反省してるんだかポーズなんだかは知らないけど、とりあえず殊勝に頷いた。

「わかってますって。あのときはちょっとテンパってたんですよ。夢にまで見た『アオイ』に会えて、それがこんなに可愛《かわい》くて、どわーっと」

伊崎はなにかがあふれ出したようなジェスチャーをして、それからニカッと笑った。邪気のない顔だった。

いやでも、ほんとにすげぇ落ち着いたよな。あのときとは目が違う。

いまだってすごい熱っぽいし、俺のこと性的対象に見てるんだなってわかる目なんだけど、あのときみたいな「イッちゃった感じ」はない。むしろ冷静。

ちなみにアオイっていうのはゲームやってたときの俺のプレイヤーネームね。蒼葉の蒼の字をもじってつけた。

「その呼び方やめろよ」

「もちろんですよ、蒼葉先輩」

「ちょっ……」

なんだそれ。普通に檜川《ひかわ》先輩でいいだろ。さすがに誠志郎さんも小さく舌打ちしてるぞ。顔には全然出てないけど。

「本名のほうが呼んでて楽しいですね」

「名字にしろよ」

「えー」

「俺のことそう呼ぶなら、全員を下の名前で呼べよ」

って言ったことを俺はすぐに後悔することになった。こう言えばやめるって本気でこのときは思ってたんだよ。

伊崎の神経は本当に並じゃなかった。あっさりと、なんの躊躇もしないで宗平先輩とか雅史《まさふみ》先輩とか呼び始めたんだぞ。

　みんなちょっとだけ面食らってた。それはまぁいいんだけどさ、問題は誠志郎さんだ。当たり前のように伊崎は名前で呼んでさ……。

「誠志郎先輩」

　これは破壊力抜群だった。

「やめろ」

　珍しく誠志郎さんが露骨に嫌《いや》な顔をして、ものすごく低い声で言った。気持ち悪いんだろうなぁ。俺でもそうだもん。

「じゃあ神田先輩で」

　伊崎も思うところがあったみたいで、あっさり変更した。全員って言われて仕方なく呼んだらしい。そんなわけでただ一人、誠志郎さんは名字で呼ばれることになった。ほかのみんなは強いこだわりとか違和感とかはなかったみたいで、そのままでいいってことになってた。

　いつのまにか伊崎のペースになってるのは、気のせいだと思いたい。

「さて、今年度の活動なんだけど……」

　三十分くらいして、ようやく本題に入った。今日はいつもの相談会は休みだ。これは前もって通知しておいた。

「あれですよね、初の学祭参加」

「そう」

うちの学祭は五月なんだけど、去年はまだサークル立ち上げてなかったからね。実は去年は学祭自体に行かなかったんだ。まぁクラブもサークルも入ってなかったら、学祭なんてただの休みだよね。強制参加じゃないんだしさ。毎年芸能人を呼ぶみたいだから、人によっては見に行ってもいいかな、くらいには思ってたのに、去年はよく知らないお笑い芸人とか歌手で、まぁいいかってことになったんだ。ほかはダンサーとか作家の講演会だったし。

「なにやる？」

「やっぱ相談会っすか？」

「いや、それは考えてない。もっと気軽な感じがいいと思うんだよ。で、売り上げが見込めるのがいいと思って」

となると販売かー。でも飲食関係の模擬店は枠がいっぱいって聞いたことあるから、新参のうちじゃまず取れないよね。

「打ち上げ代くらいは稼ぎたいし、出来れば合宿代にも当てたいし。ってことで、一つ考えてるんだけど……」

「え、なにか売るんですか？」

「物販はしないよ。あのね、オーラを撮影する機械をレンタルしようと思って」

「は？」

なんかよくわかんないこと言い出したよ大八木さん。オーラを撮影ってなに？　それって撮影出来るもんなの？

いままでその手の話題は出たことなかったな、そう言えば。

「わかった。ゲーセンとかに、たまーに置いてあるやつですね？」

「そうそう」

「あー、見たことあるかも。やったことはないけど」

ってことは、けっこう大きな機械なのかな？　いやもう全然わかんない。イメージがわかないもん。プリクラみたいにデカいボックスなのか、普通のカメラみたいに小さいのか。

はーい、って言いながら宗平は手を上げた。

「レンタル料っていくらなんですか？」

「二日間で、三万ちょいかな。そのあたりは交渉しようと思ってる」

「三万か……一枚いくらにするんですか？」

「高くても五百円だよね。高いと思う？　それだと誰もやらないかなぁ」

そこは難しいとこだよね。俺だって絶対やらないけど、そこは人ぞれぞれだし、相場ってのがいくらかも謎だし。

と思ってたら、誰かが相場について聞いた。

「高いと五千円くらいするみたいだよ。僕は千円っていうのを見たことあるけど」

「だったら五百円でもいけそうですよね。たとえば街では五千円のところを、特別に五百円みたいに書くとか」

「後は言葉巧みになんとかすればいいんですよ。うちのイケメンたちに頑張ってもらって」

宗平が悪い顔をした。まぁね、イケメンナンバーワンの誠志郎さんに、深く語り出さなければ女子受けのいい見た目の大八木さんもいるし、伊崎も客観的に見てイケメンだ。

俺はまぁ、女子受けって点では微妙。昔からマスコット扱いだったしさ。オーラとかそういうのってたぶん男は撮りに来ないと思うんだよ。占いとかと同じで基本的には女子だと思う。せいぜい連れてこられた彼氏じゃないかな。なかにはオーラとか大好きな男もいるかもだけど。

「あのー」

おずおずと新入生の一人が手を上げた。俺と身長が同じくらいで、ちょっとぽっちゃりしてて、眼《め》鏡《がね》をかけたかなりおとなしそうなやつだ。

「どうぞ、野本《のもと》くん」

「えっと僕、占いのアプリを作ったりしてるんですけど、それ使えませんか？」

「えーすごいじゃん。スマホ用？」

「パソコンでも大丈夫です。生年月日と性別と血液型と出身地を入れるタイプなんですけど」

「出身地？」

「まぁ、統計なんで。あと家族構成っていうか、兄弟のデータ加えたりも出来ます。エフェクトというか、占い開始するときの映像なんかは意味なくタロットカードが出てきたりもしますけど、全然関係ないです」

「おもしろいね」

大八木さんが食いついた。女子受けしそうとか考えてるんだろうな。まぁオーラよりも取っつきはいいかも。

「元手ゼロですし、料金は百円でいいかなって」

「使用料は払うよ？」

「いいんです。近いうちに公開するつもりだったんですけど、それもフリーの予定でしたし。むしろその前に使ってみたいというか」

確か野本って理工学部だっけ。そうそう、理工なのに占い好きとか言ってたからおもしろいな、って思ってたんだ。占いは統計学だって言われて、ちょっと納得したんだけど。

そんなわけでうちの展示はオーラ診断と占いで決まった。大八木さんの目算では、客は八割女子だろうって。もっと多いんじゃね？　って思ってたら、なんか生ぬるい目で俺のことちらっと見て、なにも言わずに戻った。

「ふーん」

すっかり存在忘れてた伊崎が何回か頷いて俺のことを見た。

「なんだよ」

「二割は蒼葉先輩目当てってことか、って思って」

「そんなに来るわけないじゃん」

「廊下とか外で客引きしたら、普通に男が引っかかりそうですけどね」

「しないから」

っていうか誠志郎さんがさせないはず。学祭なんて外部の人が大勢入ってきちゃうわけだから、普段より警戒するだろうし。

黙って考えてるあいだ、伊崎はじっと俺を見てた。

「可愛いもんなぁ……」

いきなりなに言い出すんだよ、こいつ。おかげで溝口が無言でジタバタして、興奮で真っ赤になってるじゃん。

誠志郎さんが俺の隣で小さく溜め息をついた。けどまぁ、感想にまではあれこれ言えないみたいで黙ってた。

「話には聞いてたけど、蒼葉先輩って本当に男受けいいみたいですね」

「溝口が言ったんだな」

舌打ちしたい気分で溝口を見たら、にへらっと感じで笑ってた。超余裕……ってか、まったく悪びれてない。

こいつ本当になにをどこまでしゃべったんだ……。

さっきからずっと、何度も俺たちのこと見てくるし。あれ絶対今日の会議の内容頭に入ってないだろ。さっきから一言も口きいてないもんな。

「でも俺は蒼葉先輩を見た目で好きになったわけじゃないですから。知ってると思うけど」

「……ゲームで知り合いだったとき、俺のことはどういう人間だと思ってたわけ？　五十歳のおっさんだったら、とか考えなかったのか？」

「俺と年変わらないだろうなって思ってましたよ。なんか、やりとりで」

「でもそんなの絶対じゃないだろ？」

「実際当たってたし。俺と同年代で男で、住んでるとこは東京か近隣……って。まぁ実際に会う前は恋愛感情じゃなかったような気もするけど」

じゃあなんだったんだよ。無言で疑問をぶつけると、伊崎はちょっと首を傾《かし》げて考える様子を見せた。そんなしぐさしたって全然可愛くないぞ。

溝口は身を乗り出して話を聞いてる。

「ファン心理、みたいな？」

「あー……ちょっと近いかなぁ」

「なんだよファンて」

「たぶん、アオイが好きだったんですよ。ゲームのなかで、軽く疑似恋愛みたいな。実際俺のデウスとアオイって、パートナー的なとこあったじゃないですか」

「いやいや、何回か一緒に野良パーティー組んだだけだし」

あのゲームは基本的にソロでやるゲームだった。強いボス戦のとき以外は、俺を含めてほとんどのプレイヤーはソロだったし。伊崎には最初の頃、システムがわかんなくて困ってるとき、何回かゲーム内チャットで助けてもらったりしたけどさ。

「ま、とにかくあの頃と同じで、なにかあったら頼ってくださいよ。俺も役に立つと思うんで」

伊崎はちらっと誠志郎さんのほうを見て、口の端を上げた。

なにそれ挑戦かなにか？

「間に合ってるから」

ちょっと冷たく突っぱねてみた。けど伊崎は全然気にした様子もなくて、俺の顔ずっと見つめて嬉しそうにしてる。

　思わず目をそらした。

「じゃあ学祭の話はここまでね。それと夏の合宿については、行きたいところがあれば提案して。六月中には決めたいから、それまでに行き先と内容と、旅費ね」

「あ、俺一つおもしろい企画見つけたぜ」

「企画？」

「うん。廃ホテルの敷地にテント張って泊まるってやつ」

　うわー、また微妙なやつを……。

「それってどこかの旅行会社？」

「ネット専門のイベント企画会社みたいなとこ。ケータリングと肝試し付きなんだけど……やっぱそういうのは、うちのカラーじゃねーかな？」

「うーん……まぁでも候補に入れておこう」

　廃ホテルって、どうせ心霊スポットなんだろうな。そのへんを抜きにしてもテントで寝るのは嫌だから俺的には別の案がいいなぁ。

　頑張ってみんなが食いつきそうなとこを探そう。

　会議の後はまた少し話をした。誠志郎さんと宗平にブロックしてもらって伊崎をスルーして、ほかの二人の新入生としゃべってみた。野本はちょっとシャイで、人の目を見て話すのが苦手っぽい。話すのは好きみたいだけどね。もう一人はひょろっとした縦ばっかに伸びた島谷《しまたに》ってやつで、かなりのんびりしたやつだった。なんとなくだけど、二人とも俺のこと苦手っぽい。なんとなくそのへんが伝わってきた。

「怖くないのになー」

二人から離れた後でぽろっと独り言をこぼしたら、宗平が「まぁまぁ」みたいな感じで肩をぽんぽんしてきた。

「あの二人的には、俺も苦手な部類みたいだから安心しろ」

「宗平も？　なんで？」

「マニア度が低いからじゃね？　同じ匂いを感じないんだと思う」

「えー……」

俺としては仲良くしたいんだけどな。だって大学に入って初めて出来た後輩だしさ。伊崎は当然除外。自分のこと狙ってるやつだし。

俺がしょぼくれてるあいだに今日の活動は終わった。伊崎はずっと話しかけたそうにしてたけど、多少は空気を読んでるのか強引にどうこうしようとはしなかった。

まぁ第三者が多すぎるからね。

てた。

誠志郎さんに促《うなが》されて教室を出ていくと、後から伊崎が追いかけてきた。うん、これは一応予想してた。

「お先に」

「先輩、ちょっといいですか」

「ダメ。おまえちょっと遠慮なさすぎ。自分がしたこと考えてみろよ。もうちょっと遠慮っていうか、バツが悪くて顔合わせづらいってのが普通じゃないの？」

「あいにく俺普通じゃないみたいなんで」

「……ああそう」

なんか結果的に話してるけど、足は止めてない。付けいる隙は見せるなって言われてるからだけど、返事しちゃった時点がでダメな気もした。

ちらっと誠志郎さんを見たら、仕方ないものを見るような目をしてる。ダメなやつでごめん。もう話しちゃったからいまさら無視してもしょうがないし、言いたいことだけ言っておこう。

「言っとくけど、個人的に連絡先教えたりはしないからな。ほかの二人と同じようにするから」

メンバーはアプリのグループで繋《つな》がってるから仕方ないけど、それだけだ。甘い顔はしないぞ。

「それでも俺、たぶんこのままです。野本たちには、高校のときからの知り合いだって説明してあるんで、俺が蒼葉先輩と親しくしてても不思議には思わないと思います」

「……あの二人と仲いいのか？」

「普通ですね。興味のある話のときだけは盛り上がる、みたいな」

「へぇ」

少なくとも俺よりは距離が近いらしい。ってことはやっぱこいつのオカルト趣味は本物なんだろうなぁ。あの二人そういうのに敏感そうだし。

「蒼葉」

「あ、うん」

誠志郎さんにやんわり促されて俺は足を速める。もともと止まってなかったけど、気がつけばゆっくりになってたらしい。

伊崎は少し離れてついてきた。

「さっきも言いましたけど、俺ストレートに蒼葉先輩に迫ることにしましたから。犯罪行為はしないって誓うんで、変な警戒しないでくださいよ」

おいこら学校の廊下で言うことか！　たまたま人がいなかったらいいものの、誰かに聞かれたらまた変な噂が立つじゃないか。

そもそも警戒はするっての。犯罪行為じゃなくたって自分のこと狙ってる相手に誰が無防備になるんだよ。

第一俺には誠志郎さんっていう恋人がいるんだし。

「神田先輩も、さすがにそこまで禁止する権利はないですよね？」

「蒼葉が迷惑に感じない範囲ならな」

「あ、そっか。神田先輩ってそもそも蒼葉先輩のボディガードなんでしたっけ。そっかそっか。えーと、じゃあ確認しないと。今日の俺って迷惑行為しました？」

「え、いや迷惑ってほどじゃ……」

つい言っちゃってから、はっとした。これってここまではＯＫって許可出しちゃったも同然じゃないか？　ヤバいと思って誠志郎さんの顔を見たら、案の定しょうがないやつだなって顔してた。けど実際迷惑ってほどじゃなかったし、言い方もずるかったよな。あれを迷惑行為って認定しちゃったら、溝口なんて完全にアウトだ。今日は見学に徹してたけど普段話しかけてくるときの内容なんて問題だらけだし。

「変な噂が立たない程度にしろ」

「もちろん。俺にだって世間体はあるんで」

妙に納得出来ることを言って伊崎は俺たちと違う方向に歩いて行った。今日も不気味なほどあっさりだ。拍子抜け。

「……やっぱあのときはおかしかったのかな」

余裕ありまくりだったとはいえ受験生だったんだし、親の前でも猫かぶっててストレス溜め込んでたのかもしれない。

「もうちょっと様子見たほうがいいよね」

独り言っぽく呟いてみたけど、誠志郎さんの返事を期待して言った。けどしばらくたっても答えは返ってこなかった。

「誠志郎さん？」

呼びかけるとようやく俺のことを見てくれた。なんかいつもと違う気がする。なんだろう。なにか言いたいんだけど言っていいのかみたいな。

やっぱり伊崎のことかな。個人的な事情や感情は抑《おさ》えて入会に同意したけど、不安はあるだろうし。むしろ俺がのんき過ぎるのかな。

ちょっと話しただけでこんなこと言うのはどうかと思うけど、伊崎は大丈夫な気がするんだ。俺だって伊達に場数踏んでないよ。自分で言うのも照れくさいけどさ、あいつは俺に対して本気なんだと思った。支配欲とか性欲とかゆがんだ感情で俺に執着してるわけじゃなくて、単に好きっていう気持ちがあるというか。

危害を加えようという気がないなら、無下にするのもどうかと思うし。

「俺、対応間違ってた？」

「いや」

もらえた答えはそれだけ。一応否定だけど、すっきりしなかった。だって絶対いまのはお墨付きもらえたわけじゃない。

「誠志郎さんから見て、伊崎ってどう？」

「……口に出して言ったことは信用してもいいとは思うぞ。本音はどうあれ、強引な手段や後輩らしからぬ態度はプラスにならないって判断したんだろ。気持ちを手に入れようとしてるあたり、いままでの連中よりまともだな」

「そっか」

言われてみればそうかも。だってよくわからない執着で拉致《らち》して襲おうとしたり、やれば全部手に入ると思ってたりするより、ずっと健全というか普通だよね。

「ただ隙を見せたら食われるぞ。無理強《じ》いはしないだろうが、多少強引な手には出るかもしれない。気を許してからが注意だな」

「そうか。そのためなのかも」

まずは俺の警戒心を取り去って、それから親しくなって信用を得ようとしてるんだよね。あれ、それって普通のことじゃね？　確かに正攻法だ。

「まともだからって、安全とは限らないからな。あれの本質は猛獣だ。俺も同じだからわかる」

「猛獣……」

すごい納得したし、気をつけなきゃなってあらためて思った。

でも誠志郎さんと会話らしい会話をしたのはそれだけで、後はなんとなく気まずい雰囲気だけが漂う感じになってしまった。別にこれっていう理由はないよ。たぶんお互いに、伊崎の変わりようとか思惑とか、いろいろ考えてたんだと思う。

家についても空気は変わらなかった。俺がしゃべれば返事はするけど、誠志郎さんは素っ気ないというか無愛想というか、いつもとは違ってた。

傍《はた》から見たら同じだと思うかもしれないけど、俺にはわかるよ。だって恋人だもん。

「あのさ、誠志郎さん」

話しかけたら、視線は返ってくる。けどその視線になんか温度感じないというか、変に無機質な感じで、ちょっと怯《ひる》んじゃった。

言おうとしてた言葉が上手く出てこない。

「え……っと後でいいや。あ、なんか来た」

ちょうどスマホに誰かからメッセージが来たから、それを口実に話を打ち切る。目はスマホに向けていろいろ操作してるけど、頭に文章入ってこなかった。

もともとそんなに口数多いほうじゃないけど、今日は少なすぎるよ。っていうか、まとう空気が冷たすぎて話しかけづらくて、もうどうしようって感じ。

なんか家のなかの空気までいつもと違う気がするよ。俺は普通だよ。いつもと変わらない。問題は誠志郎さんだ。

さっきつけたテレビが、今日は一段と騒がしい。それが余計に空々しく思えた。


あれからずっと気まずくて、俺の溜め息も増えてきた……らしい。自覚なかったけど宗平に言われて気づいた。

誠志郎さんはずっと無口なままだ。機嫌悪いのかも。よくわかんないけど、たぶん間違ってないと思う。表情はいつも通りだし、乱暴な態度や口調ってわけでもない。でもわかる。ずーっと機嫌が悪いんだよ。

「……伊崎で困ってる？」

宗平が小声で聞いてきた。

「微妙に違う」

原因は伊崎だと思うよ。だってタイミング的にもそれしかない。

でも問題はそこじゃないんだ。困ってるのはあくまで誠志郎さんの態度。伊崎と俺が話すたびに誠志郎さんの機嫌は悪化する。波はあるみたいで多少上下するけど数値は低値安定だ。

意外と誠志郎さんって嫉妬《しっと》深いんだなって、最初はちょっと嬉しかった。でも長引くとそんな暢気《のんき》なこと言ってられなくなった。

一回も手ぇ出して来ないしさ。キスもしないんだけど、どういうこと？

なんかもう、気持ちがどんどん落ちてく。でもさ、別に俺は浮気してるわけじゃないし、伊崎と二人きりで会ったりしたわけじゃない。後輩として接してるだけじゃん。一体俺にどうしろっていうんだよ。

もちろん宗平に向かってそんなこと言えないけどさ。

溜め息をついてるあいだに今日の講義は全部終わって、誠志郎さんの迎えを待つだけになった。

相変わらず一部の外野はうるさいみたいだけど、俺に聞こえるように嫌味とか悪口とか言うやつはいなくなった。遠くからこっち見て、露骨に悪意の視線向けてくるやつはいるけどね。例のあいつとか、あいつとか、あいつ……うん、要するに自称前世傾城《けいせい》の姫の男な。実害はないから気にしないことにしてる。

遠くでシャーシャー言ってるけど飛びかかってこない蛇とか、そんなもんだと思うようにした。宗平に言わせると、一方的なライバル認識らしい。なんだよライバルって。確かに見た目のカテゴリーは同じかもしれないけど、俺はあんなナルシストじゃないからな。

そう、俺自身が相手にしてないから、ストレスもそんなにたまらない。なんて思ってたら、気づいちゃったんだ。誠志郎さんってもしかして伊崎のこと「相手」にしちゃってるのかな、って。

いままで俺につきまとったり手を出そうとしたやつらを、誠志郎さんが気にしたことはなかったんだと思う。不快感とか憤《いきどお》りみたいのはあっただろうけど、人間としてとか男としてとか、そっちの意味で相手にはしてこなかったんじゃないかな。

伊崎は違うみたい。一月の段階では過去のストーカーたちとさほど変わらなかったはずなのに。

「……伊崎のこと、どう思う？」

「ざっくりした質問だな」

「んー、だから宗平から見て、あいつどんなやつ？」

評判がいいのは知ってるよ。イケメンだし頭いいし、真面目なのに適当に砕けてて、社交的で女の子に人気がある。サークルでも一年の代表みたいな立ち位置で、ほかの二人は伊崎を慕ってるっぽい。上級生たちからも信頼されてる。

「話しやすいし、礼儀わきまえてるし、後輩としてほぼ完璧だな」

「ほぼ？」

「いやまぁ、おまえにべったりだからさ」

まぁね。ただ傍目には俺一人にくっついてるようには見えないんだよね。それは俺の横か後ろには常に誠志郎さんがいる上、美味《おい》しいネタを拾おうと溝口も張り付いてるから。だから伊崎が俺をロックオンしてることに気づいてないやつもいる。

伊崎がうまく振る舞ってるせいもあるのかな。そのあたりの抜け目のなさもさすがだよ。

「あ、来たぞお迎え。じゃ、また明日な」

「うん」

教室の入り口に誠志郎さんが見えて、俺は宗平に送り出された。二年になっても相変わらず俺にはしっかりガードがついてる。まぁ宗平は友達だから「ついで」だし、誠志郎さんは父さんに言われてるから仕方ないんだけど。

「早かったね」

「五分前に終わったからな」

会話は一応普通にしてるよ。でもやっぱり前とは違ってて、なんか気を遣うっていうか不自然っていうか、ついつい顔色窺《うかが》っちゃう。

帰りに二人で買いものして、食べたいもの聞かれてリクエストして、一緒に買いものしてるだけで超楽しかったのに。

「あのさ、なにか言いたいことあるなら言ってよ」

「別にない」

「嘘だ。絶対なんか言いたそうにしてたじゃん。それくらいわかるよ。伊崎のことだよね？　それとも俺？」

「蒼葉の対応に問題はないだろ。伊崎の行動も、いまのところ文句を言えるようなものじゃない」

それって誠志郎さんの気持ちじゃなくて、客観的に考えてどうかってことだよね。違うんだってば。俺が聞きたいのはそうじゃない。

「俺は誠志郎さんがどうして欲しいか知りたいの！　俺が伊崎と話すの嫌って言うなら、なるべくそうするよ？　サークルのみんなだって協力してくれると思うし」

誠志郎さんは少し顔をしかめて、緩く首を横に振った。自嘲してるようにも見えたけど、俺の気のせいかもしれない。

「そういう問題じゃないんだ。悪かった。余計な気を遣わせたな」

この言葉と表情で、俺はなんだか拒絶されたような気持ちになった。実際誠志郎さんはそれ以上の追及を許さない態度だったし。

なんか上手くいかないなぁ。このあいだから、ちゃんと嚙み合ってない気がする。

恋愛はただ楽しいだけじゃないって、ずいぶん前に誰かが言ってたけど、本当にそうだなって思う。

さすがに理由わかってるから不安はないけど、どうしたらいいのかわかんなくて同じことぐるぐる何度も考えてる。

どうしたら元に戻れるんだろ？

恋愛相談なんて出来る相手は一人しかいない。だって相手は誠志郎さん――同性なんだから、どうしたって限られる。宗平とか大八木さんとかは知っててスルーしてくれてるから、さすがにストレートには言いたくないしさ。そもそも恋愛相談に向いてるとも思えない。溝口は論外だよ。言ったらまた目をキラキラさせて、変な方向に持って行こうとするに決まってる。

「ちょっとジムに行ってくる」

家に帰って食材冷蔵庫にしまうと、誠志郎さんは出かけていった。前から定期的にジムに行ってたからそれは不自然じゃないんだけどさ……。

「全然恋人扱いしないじゃん」

付きあいだしてから初めてだよ。こんなに長いことキスもセックスもしなかったのって。まぁ長いったって、まだ十日くらいなんだけども。

飽《あ》きちゃったとか？　いや、そんなはずない。だっていきなり過ぎるじゃん。普通はだんだん間隔あいたり、行為が薄くなったりするもんじゃないの？　たぶん。

そのへん実はよくわかってなかったりする。だって経験不足だし、あんまりそういう話も聞いたことなっしさ。

「……やっぱ父さんしかないか」

いまどこにいるかわかんないから、時差とか考えてまずはショートメール。相談したいって言ったら、すぐ電話がかかってきた。

『どうした？　誠志郎がなにかやらかしたか？』

いきなり核心ついてきた、っていうか、それしかないんだよね。大抵のことは誠志郎さんが解決してくれるし、手に余る事態だったら誠志郎さんから父さんに連絡が行く。それ以外ってことになると、自然と相談ごとは誠志郎さん絡みになるわけで……。

「やらかしたというか、なにもしないんだけど」

『お？』

なんだか声が楽しそうでげんなりする。絶対これ楽しんでるよ。いい年したおっさんのくせに恋バナ大好きなんだよね。

人選間違ったかもしれない。でも選択肢ないんだから仕方ないって諦《あきら》めて、俺は伊崎の件を含めてなるべく客観的に説明してった。前にあったことは誠志郎さんがちゃんと報告してたから、父さんは伊崎のことも知ってた。

黙って聞いてた父さんは、ふーんって笑った。声だけでもニヤニヤしてるのがわかるくらい、本当に楽しそうだった。

「俺、どうすればいいと思う？」

『誠志郎には言ってみたのか』

「言ったよ」

かなり頑張って、なに言われても受け止める覚悟でぶつかってみたよ。けど、ダメだった。誠志郎さんは全然自分をさらしてくれなくて、むしろ壁作られちゃった気分……。

『なんて言ってた？』

「……謝られた。自分の問題だから、って」

『それで？』

「それだけ」

ようするに話し合いにもならなくて、なにも解決しなかったってこと。しかもこの分だと父さんに電話までしたのに解決しそうもない。

『おもしろいな』

声が弾んでるのを聞いて、だめだなって確信した。

「おもしろいですませないでよ。誠志郎さんと拗《こじ》れたらどーしてくれんの」

『この程度でどうにかなる関係なら、その程度だったと判断するだけだ。ちなみに俺がおもしろいって言ったのは、その伊崎ってガキのことだぞ』

「え？」

『興味湧《わ》いてきた』

「まさか……」

いやいやそんな、親子の差ほど年が離れた相手にそれはないと信じたい。未成年だよ。先輩としても息子としても認められないよ。

『おい、変なこと考えるなよ。ガキは守備範囲外だ』

「よ……よかった」

恋愛相手としてだったら、さすがに止めるところだった。

『誠志郎と同じ意味で言ったんだよ。優秀そうなガキだし、伸びしろもありそうだしな。誠志郎に言って写真を送らせたんだが、ルックスも合格だし』

「見た目って……」

『いいに超したことはねぇだろ』

「ああ……」

相変わらずだな、父さん。

とにかく伊崎への興味は人材として、だったみたいでほっとした。人材発掘と育成は父さんの趣味みたいなものだよね、きっと。時間とお金かけて、自分の好みのスキル身につけさせせてさ。

聞くところによると、そういうふうに父さんに教育されたの誠志郎さんが初めてではないみたいだし。さすがに十代のときからってのは、初だったらしいけど。

『おまえスカウトして来いよ』

父さんは急にまたとんでもないことを言い出した。相変わらず無茶苦茶言うよね。俺が伊崎に襲われたって事実忘れてるんじゃないの？　まぁ俺も思い出さなくなってるけどさ。

「やだよ。なんでこの状況で俺から声かけるようなことしなきゃいけないんだよ。そうでなくても週に三回は来るんだぞ」

あいつは昼休みはもちろん、空き時間にも俺を探してるらしい。さすがに毎回ってわけにはいかないみたいだけど、結構な確率で見つけ出してる。もちろんサークル活動のときは、ほかの一年にあわせてるとこあるけど、隙を見て話しかけてくる。

犬っぽい、ってみんな言う。ブンブン尻尾振ってる大型犬なんだって。俺もちらっとそう思ったけど、誠志郎さんに言わせると犬の振りした野生のオオカミらしい。

『躾は出来てないのか』

「俺にそんなスキルないよ」

躾どころか、あっちのほうが、いちいち優れてるしさー。体格的なことから始まって、頭の出来も俺より断然いいし、器用でなんでも初見である程度出来ちゃうタイプらしい。ムカツクよな。まぁ誠志郎さんもそうなんだけど。

父さんが興味持ったのは納得だよ。

「それより俺の悩みをなんとかしてくれる気はないの？」

『ない。社長命令出して欲しいなら、誠志郎に言ってやってもいいぞ？』

息子に手を出せ、とでも言ってくれるつもりなんだろうか。

うん、それはなし。

「父さんが当てにならないことだけはよくわかった。じゃあね、もう切る……あ、そうだ。父さんいまどこにいるの？」

『フロリダ』

つい二週間前はロスって言ってなかったっけ？　いやアメリカ国内だから別にそんな驚くことでもないのか。いつだったかはストックホルムからイースター島に飛んでてびっくりしたもん。

「基本暖かいとこだね。帰国予定ないの？」

『そのうちな。気がすんだら戻るわ』

「気をつけて」

なんにも解決しなかったけど、気分は少し浮上した。父さんと話してると、引きずられるみたいにしてテンション上がるんだよね。あの人は相変わらず明るいというか、エネルギッシュというかパワフルというか。四十そこそこでリタイアしちゃうことなかったのに、って思う。そのうち戻ってきて、全然違う仕事始めても不思議じゃないけどね。

とりあえずレポートでもしよう。なんか最近、自分の部屋にいることが多くなってるなぁ……。

五月のちょうど真ん中が、うちの学祭の日だ。建午祭《けんご》って名前で、二日間やる。

大抵の大学は秋にやるから、この時期にやるうちのには結構人が来るんだよね。模擬店や展示も人気あるし、コンサートとかショーとかのイベントも盛りだくさん。学祭重なると芸能人呼ぶのも大変だけどこの時期だと秋よりは楽みたい。

一日目はメジャーデビュー二年目のロックバンドで、インディーズ時代からのファンが熱くて、地方からもチケット買って来てるんだってさ。それとイリュージョニスト？ って人のショー。つまり手品だって宗平が言ってた。二日目は俺でも知ってる女性歌手。確かストリートミュージシャンからのメジャーデビューだったはず。それと旬のお笑い芸人だ。

「ロックバンドのファンは一目でわかるね」

「だな」

服装とかヘアスタイルとかメイクとか独特だもんな。ゴスロリってのかな。そういう系で、みんな同じネックレスしてるし。あれは公式グッズらしい。結構高そうなやつだったよ。

なんでそんなことわかるかっていうと、うちのブースにも何人も来てるからだ。まだ一日目の昼過ぎなのに、もう二十人くらい来てる。コンサートまでの時間つぶしにしては多いよね。

「あそこのバンドってボーカルとドラムがスピリチュアル方面好きらしくて、ファンも影響されてるって話だぞ」

「なるほど」

俺たちにとっては好都合だったわけだね。バンドの名前と曲くらいは知ってたけど詳しいことまでは誰も知らなかったから、今日の売り上げは予想外だった。まだ昼前なのに今日の売り上げ目標の半分は達成しちゃってる。

「次の方どうぞ」

いまオーラ撮影機の対応してるのは誠志郎さん。俺は物販担当で、宗平は両方の会計係兼いろいろな説明担当。それと占い担当の野本。

なんで俺たちが小声でしゃべってられるかというと、いま物販とお会計テーブルの前には誰もいないから。

ちなみに占いのほうにも列は出来てない。人気ないわけじゃないんだよ。百円で手頃だってことで野本だけでもう三十人くらいは対応してる。暇に見えるのは一件一件の時間が短いからなんだ。必要なデータを聞いて打ち込んで、エンターキー押したら結果出ちゃうし、印刷だってすぐだし。

それに比べたらオーラ撮影は時間がかかる。仮にも写真だから、女の人は座ってから撮影ＯＫの合図出すまでが長いし、ボタン押してから一分はかかっちゃうし。

今回のシステムとしては、まず会計のところで支払ってチケットをもらって列に並ぶ感じ。買うときに説明するのも宗平の仕事だ。それと合宿の成果の展示もしてるから、ごくたまーに話をしたがる人がいたら、その相手とかもする。宗平が外してるときは俺が会計をする。

オーラ撮影待ちの人数は、いま七人。びっくりだよ。まさかこんなに来るなんて思ってなかった。大八木さんの読みは当たったわけだ。

交代時間まであと十五分。五分前には交代の四人が来てくれることになってる。人手が足りないってことで、今回だけ手伝ってくれる人が五人もいるんだ。大八木さんや園田さんの友達ってことになってるけど本当は誠志郎さんの息がかかってるんじゃないかと踏んでる。俺が当番のときには入ってないけど。

会員十一人とあわせて四班に分けて、九十分ずつ働くシステム。明日もそうで、もちろん俺と伊崎は一緒にならないように組んだ。

「石も思ったよりは売れてるよね」

俺からしたらただの色つきの石ころなのに、結構買ってく人がいるんだよ。パワーストーンって、人気あるんだな。大八木先輩がどこかで「すくい放題」みたいなことやって仕入れてきた石っていうのは内緒《ないしょ》だ。

やることもない俺と違って誠志郎さんは忙しそう。でも持ち場は離れられないから手伝えない。

「あ、来た来た」

交代要員が教室に入ってくると、一気に教室内の男率が上がる。うちのサークル見事に男ばっかだもんな。

ちなみに次の班は大八木さんを中心に、去年からの会員と新入生と助っ人《すけと》っていう編成。引き継ぎをして、俺たちは解放された。せっかくだから学祭を楽しみたいけど、そういうテンションでもないなぁ。

だって誠志郎さんは相変わらずだ。一ヶ月近くたってんのに、全然恋人らしいことしてこない。一回だけ思い切って自分からキスしたんだよ？　前だったらそういう雰囲気になったとき俺からすることもあったし、結構ナチュラルにやってたと思うんだけど、まったくそういう気配ないときにするのは勇気いった。振り絞ってキスしたのに、軽くチュッてしただけで終わっちゃった。しかも微妙な空気になった。

なんなのもう。反応が前と違いすぎだよ。たとえば俺から軽めのキスしても、あっという間に主導権奪って深いのしてくるのが誠志郎さんのはずじゃん。

なんかもう、ひたすら恥ずかしかったよ。だって誠志郎さんはシラーッとしてんだもん。いよいよもう飽きられたのかと思ったね。一瞬だけどさ。

「じゃあ俺は……」

「待った」

どっかへ行こうとした宗平の腕を、がしっとつかんで引き留める。今回ばかりは二人きりじゃなくて誰かが一緒にいてくれたほうが楽しめるような気がする。

宗平はぎょっとした顔をした。

「な、なに？」

「一緒にまわろうよ」

「いや俺、行きたいとこが……」

「約束？」

「ってわけじゃないんだけど、まぁちょっと野暮《やぼ》用……っていうか」

なんだよ野暮用って。逃げたいのが見え見えで、余計に逃がしてやるもんかって気持ちになってくる。気を遣ってるとかじゃなくて、俺たちの雰囲気がおかしいのを承知で見捨てるつもりなんだ。

いや気持ちはわかるけどね。他人の恋愛のいざこざに首突っ込むやつじゃないもん。俺が相談持ちかけた、とかじゃなければ。

「引き留めて悪かったな」

いきなり誠志郎さんが会話に加わってきて、あっさり宗平を逃がす方向に持って行った。俺と誠志郎さんの考えは違うらしい。

確かにね、関係ない宗平を巻き込むのは悪いなって思うよ。思うけど誰か一緒にいて欲しいんだよ。溝口にまで「最近イチャイチャが足りないんだけど」って不満ぶちまけられたくらいだぞ。もともと人前では普通にしてたはずなのに、空気が違うんだってさ。それはそれで溝口的には「妄想がはかどって美味しい」らしかったんだけど、さすがに長引きすぎて飽きてきたらしい。

そうだよ、いい加減長いって。定期的に燃料が投下……つまり伊崎が俺のとこに来るから誠志郎さんの心も晴れないいんだろうけど、それにしたって停滞しすぎ。

決意を込めて誠志郎さんを見上げたら、その誠志郎さんは目を瞠《みは》ってどこか一点を見つめてた。

なに？　なにか見つけた？

こんな反応珍しいから気になって視線を追って、俺もそのまま固まった。

「どうしたん？」

逃げ遅れた宗平が怪訝そうに俺たちが見てる方向を見て、「あっ」て小さく呟いた。

廊下の先のほうから歩いてくるのは、なんでか知らないけど父さんだった。

いやいや、聞いてないから。いつ帰るか聞いたときも具体的なこと一つも言ってなかったじゃん。フロリダ最高とか言ってたじゃん。

なんかこんがり日焼けして、いよいよ自由人の雰囲気が濃くなってる。もともとスーツ着て働いてるイメージのない人だったのに、さらに輪がかかってるよ。

「な、なぁ。あれっておまえの親父《おやじ》だよな？」

「……うん」

宗平は父さんと面識がある。家に遊びに来たこともあったしね。あの頃は母さんもいて、一見普通の家庭だったたなぁ。

「外国行ってたんだっけ？　帰ってきたんだ？」

「みたいだね」

「って、知らなかったのか？」

「うん」

衝撃から立ち直った後は脱力感しかなかった。溜め息交じりになっちゃったのは仕方ないと思うんだ。いきなりすぎるだろ。

しかも一緒にいるの誰。俺と同じ年くらいの男と、なんか楽しそうに話してるし。

「誰？」

「知らない」

「法学部三年の学生だ」

誠志郎さんはちゃんと知ってたよ。有名な人なのかな？　さわやかな感じだしイケメンだし背も高いし。って、まさか狙ってるとかないよね？　うちの大学の人はやめてよ。

俺を見つけた父さんは、法学部の人になにか言ってから一人でこっちに歩いてきた。ちょっと面食らったような反応だったけど、その人はしばらく俺たちを見つめた後、来た道を引き返していった。

俺と誠志郎さんのことはしっかり認識してたっぽい。騒動に巻き込まれるのは勘弁ってことだろう。

「よう。久しぶりだな」

「よう、じゃないよ。連絡くらいしてよ」

どうせ反応見たかったとか、その程度の理由で黙ってたんだろうな。相変わらず父さんも目立つというか、何者って感じで見られてる。どう見たって父兄じゃないもんね。

父さんは急に宗平のほうを見た。

「久しぶりだな、木原《きはら》くん」

「は、はい。お久しぶりです」

「ちょっと見ないあいだに大人っぽくなったな。蒼葉が面倒かけてるみたいで悪いな」

「とんでもないっす」

宗平は恐縮してるというか、照れつつもまんざらじゃない感じ。昔から父さんに対してはこんな感じなんだよね。誠志郎さんに対してはヘコヘコしてるけど。

なんか俺のことよろしく、みたいなこと言われて宗平は調子よく請《う》け負ってどこかへ行ってしまった。

「……ところで、さっきの人って？」

「うん？　案内してくれた子か？」

「知り合いじゃなく？」

「名乗ってくれたけどな。別に知り合いってわけじゃないぞ。たまたま近くにいたから、場所を聞いたら親切に連れてきてくれたんだよ」

「へぇ」

なんでイケメン男子なのかという問題については愚問だから聞かない。父さんは別に女嫌いじゃないけど、どうせ話すなら男のほうがいいって思ってるらしい。

「で？」

父さんは誠志郎さんを見て、意味ありげに笑った。なにが「で？」なのか、いろいろ想像出来て一つに絞れない。

「立ち話もなんですから、こちらへ」

全面的に賛成だよ。さっきから注目浴びて仕方ないんだから。でも学祭中はどこへ行っても人だけで静かに話せるところなんてあんまりない。どこへ行くんだろうと思ってたら、誠志郎さんはうちのサークルが借りてる教室に戻った。

教室に入ると、お客さんの対応をしてた大八木さんが気づいて「おや？」って顔をした。この人も父さんには会ったことあるんだ。でも接客中ということで、軽く会釈《えしゃく》するだけだった。

パーテーションの後ろにまわりこんで、休憩用の椅子に俺たちは座った。教室にはヒーリング音楽が流れてるから、小さい声でしゃべれば問題ないはず。

「まずは、お帰りなさい。出来れば事前に連絡をいただきたかったですね」

「それじゃつまらねぇだろ？」

「そうでしょうね」

父さんの行動や発言に振りまわされることに慣れてるのか、誠志郎さんはまったく動じてない……ように見える。実際はわかんないや。

「ところで問題の新入生はいないみたいだな」

「来るのはだいたい八十分後ですね。次の班なので」

「呼び出せ。連絡先は知ってるんだろ？」

そう来たか。興味持ってるのはわかってたけど、まさかこんなストレートに来るとは思ってなかったよ。

誠志郎さんは無言だ。顔色はあんまり変わってないから、父さんがこう言い出すことは予想してたのかもしれない。

「……わかりました。ただし学外でセッティングします。蒼葉は同席させません」

「それでいい。日時はいつでもいいぞ。今日でも明日でも、一週間後でも」

話はそれだけだったみたいで、父さんはもう立ち上がってる。展示を少し見るって言うから付きあって、手が空いた大八木さんと話した。って言っても挨拶程度だけど。で、売り上げに貢献するって言ってパワーストーンを買ってくれた。

大八木さん以外のメンバーは「誰、誰？」って感じだったけど、大八木さんとの話で俺の父親ってわかったみたいで、ちょっと緊張してたよ。なんでだろう。父さんって、あんまり父親って感じじゃないから、昔から俺の友達に評判よかったのに。

とりあえず十分くらいで父さんは帰っていった。嵐みたいだった。

誠志郎さんは言われた通りに伊崎に連絡をして、すぐ約束を取り付けた。俺の父親が会いたがっているって言ったら即答だったらしい。

その間俺はじっと誠志郎さんを見てた。さすがに気づいてたらしくて、ばっちり目が合う。

「……話あるんだけど」

「俺もだ」

「じゃあ移動しよ」

父さんと伊崎の対面は今日の六時からってことになったらしい。誠志郎さんも立ち会うことになって、それまでは暇と言えば暇だ。

俺たちの当番はもう終わったから、夕方までは時間がある。なにかあったときのために本当はキャンパス内にいたほうがいいんだけど、近くなら外へ出ても問題ないと思う。

自分も話があるって誠志郎さんは言ってたけど、俺から言い出さなかったらずっと黙ってたんじゃないかって、ちらっと思った。俺はもう限界なのに、誠志郎さんは違うのかな。だったらさすがにへこむ。

誠志郎さんは歩いて五分くらいのとこにあるカフェチェーンの、レンタル会議室ってやつを押さえた。話には聞いたことあったけど使うのは初めてだ。

部屋は少人数用のカラオケルームくらいの広さで、真ん中に会議机が置いてある。椅子は六脚でホワイトボードも置いてあった。プロジェクターも使えるらしい。

頼んだドリンクが来て店員が出て行って、ようやく話が出来るようになった。

「一ヶ月だよ？」

なにが、とは言わなかった。これで十分に通じるはずだと思ったし、実際伝わった。顔見てればわかる。

「そうだな」

「まず確かめたいんだけど、俺に飽きたとか嫌いになったとかじゃないよね？」

「あり得ない」

「……まぁ、心配はしてなかったけど」

ちょっとだけ嘘ついた。大丈夫って気持ちは九十七パーセントくらいで、三パーセントくらいは

「もしかして」って不安もあったんだ。だってそこまで自分に自信はない。誠志郎さんのこと信じてても百パーセントじゃなかったのは、そのせいだ。

「悪かった」

「謝んなくていいから説明して」

別に謝罪を拒否してるとかじゃないよ。必要ないって思ってるだけ。誠志郎さんは俺のそんな気持ちをくんでくれてると思うから、ここでわざわざ言う気もないし、表情から見ても間違ってないと思うんだ。

ちょっと間を置いて、誠志郎さんは言葉を選ぶみたいにして言った。

「……自分をコントロール出来なかったんだ」

「確かにずっと機嫌悪かったね」

「そう見えてたのか」

ちょっと意外そうに、しくじったみたいな顔になった。あれ、コントロール出来てないのは自覚してたけど、それがどんなふうに受け取られる状態だったかはわかってなかったのか。

「見えてたよ。違ったんだ？」

「……いや、そうかもしれない。自分の感情自体が、よくわかってなかった……」

「はい？」

「俺は機嫌が悪かったのか」

なにか変なこと呟いてるよ。この人、本当に自覚してなかったらしい。いやいや二十歳も過ぎて自分が機嫌悪いかどうかわかんないってどういうこと？

ちょっと呆れた目で俺は誠志郎さんを見つめてしまった。

「わかるでしょ普通」

「伊崎に苛立《いらだ》ってるのはわかってたんだが……」

あとは冷静でいようとして上手く出来ない自分にも呆《あき》れてたみたいだけど、そういうのをひっくるめて機嫌悪いってことだよね？

「俺にはイライラしなかったの？」

「伊崎と話してるところを見るのは嫌だったな」

「うん、それ普通の反応じゃん？」

自分の恋人と、気があるってわかってる相手だもん。平常心でいられないのはむしろ普通と思う。忘れがちだけど誠志郎さんだってまだ若いんだし。

「蒼葉に当たるようなことはしたくなかったんだ」

「当たればよかったのに」

って返したら、誠志郎さんびっくりしてた。そんな驚くようなことかな。確かに俺は頼りないかもしれないし、実際年下だし、人生経験だって誠志郎さんより少ないけど、恋人なんだからさ。対等ってことだよね？

「ケンカくらい、いいじゃん。なにも言ってくれないと、こっちも言いづらいよ」

「……そうだな」

「問題って伊崎だけじゃないよね。伊崎に対する俺の態度もだよね？」

一応聞いてみたものの、わりと確信してたりする。俺の態度も問題なんじゃないかな、って。態度というか、伊崎への意識というか。

たとえば過去に俺に言い寄ってきたり迫ってきたり、襲ってきたやつらに対して、俺はぴしゃっと拒絶してきた。っていうか、誰かさんがなにかしたみたいで目の前に現れなくなった。けど伊崎は違う。立場的なこともあるけど、恐怖とか嫌悪感はまったくなくて、それどころか犬みたいにつきまとってくる姿が当たり前になってきてる。

つまりここ一ヶ月くらいの伊崎が俺にとってのスタンダードになっちゃって、初対面のときの印象が塗り替えられちゃったんだ。

これも伊崎の作戦だったのかもね。計算高そうだから十分考えられる。なんたって父さんが興味示したやつだよ。ただ頭いいだけだったらそんなことにはならないし。

「正直、伊崎に対して危機感を持ってるな」

「それって俺が心変わりするって心配してるってこと？」

ちょっとムッとしてしまう。信用されてないのかなーって。

「そうじゃない。もっと単純な話だよ」

「単純？」

「本質が似てるから、嫌なんだ。蒼葉の好意を得やすいタイプなのも腹が立つ」

「それって嫉妬、ってこと？」

「ああ。かなり焦《あせ》ってる」

理屈じゃないんだ、ってことみたい。俺の対応も多少は影響してるみたいだけど、やっぱり伊崎が俺のまわりをウロチョロしてるだけで冷静でいられなくなりそう……なんだって。

なんとなくわかるかも。

同時に、ちょっと安心もした。ちゃんと嫉妬してくれてるんだなって。

「結構いろいろ考えちゃったんだからな。なんにもしてこないし、俺からキスしたときも軽ーく流されたし」

「あれは……」

途端にバツが悪そうな顔になったのが、ちょっと可愛いかもって思ったのは内緒ね。いま言ったら誠志郎さんのダメージになりそう。

ただでさえ、嫉妬なんて感情に振りまわされて戸惑ってそうなのに。

「なに？」

「乱暴になりそうで避けてたんだ。衝動に負けたら、あのまま押し倒してひどいセックスしてたかもしれないし」

「え？」

「当たりたくないってのは、そっちの意味もある」

なるほど、誠志郎さんの言い分はわかった。つまり、キスしたりハグしたりするとそのまま止まらなくなって俺にひどいセックスしちゃいそうだから、最初っから触らないようにしてたわけか。俺からしたときにシラーッとしてたのは無理矢理自分を抑え込んでた結果そう見えたってことかな。理解しきったかって言われたら微妙だけど、俺は誠志郎さんじゃないんだからそんなのは当然と思うことにした。

俺はとりあえず言いたいこと全部言った。誠志郎さんも俺に話して少しすっきりしたみたいで、この一ヶ月で一番雰囲気が柔《やわ》らかい。

まぁ今晩の話し合いで、またどうにかなっちゃうかもしれないけどね。

「誠志郎さんも普通の人なんだね」

「なにをいまさら……」

だって完璧な超人みたいな気でいたんだもん。俺よりもずっと大人でね。けど冷静に考えたら誠志郎さんだってまだ二十代前半だ。世間からみれば十分若造だよね。父さんもきっとそんな感じで見てるから、俺が相談してもニヤニヤしてるだけだったんだ。心配しなかったのは俺たちのこと信用してるのもあるんだろうな、自分たちで解決できるって。そのはずだ。拗れようが別れようがどうでもいい、ってわけじゃない。たぶん。

「父さんと伊崎がなに話したか、俺に教えてよ?」

「ああ」

ちょっと心配だけど、なるようにしかならないって開き直ることにした。

夜になって誠志郎さんは出かけていって、十一時過ぎに帰ってきた。

父さんと伊崎の初顔合わせの結果を聞いても、俺はあんまり驚かなかった。いかにも……って感じだったから。

今日の食事は父さんの指示で馴染《なじ》みの料亭ってことになったらしい。十八歳の大学生を呼びつけるのに料亭ってどうなの、って思ったけど、父さんには意図があったらしいよ。

まずは伊崎の態度や立ち居振る舞いが見たかったんだって。食事とかのマナー込みで。料亭なんて初めてだって言いながらも伊崎は動揺することもなくて、かなり堂々としてたらしい。やっぱり神経が普通じゃない。物珍しそうに目だけあちこち動いてたって言ってたけど、緊張はしてなかったとか。よく言えば度胸ある、ってことだよね。

「俺だったら初めて会う大人と料亭で差し向かいで……なんて無理。味わかんなくなる」

家族で行ったときでさえ、緊張しちゃってよくわかんなかったんだよ。門がまえとかすごいし、店の人も上品そうでさ。部屋も庭もきれいで、置いてある掛け軸とか壺とかもいかにも高そうなやつだった。

あと、足痺《しび》れてつらかった。

「店の名前忘れちゃったけど、確か……」

うろ覚えで場所だけ言うと、やっぱり同じとこだった。よかった。行きつけの料亭が何軒もあったらどうしようかと思った。いや、今回使ってないだけであるのかも。

「それで、父さんはどうだった？　伊崎のこと気に入ってた？」

「かなりな」

「そっか……」

だろうな、って思った。伊崎みたいなタイプは父さん好きなはずだもん。たとえば宗平だと、好感は抱くけど興味は持たないんだよね。

　誠志郎さんは小さく溜め息をついて、困ったように俺を見た。

「スカウトしたくらいだからな」

「は？」

　ちょっと耳を疑った。俺にもスカウトしろって言ってたけど、まさか本気だったとは。誠志郎さんが父さんに「スカウト」されたのはもっと若いときだったけど、さすがに会ってすぐはどうかと思う。

　伊崎はどうしたんだろう？

「あいつ、なんて？」

「説明を受けて、二つ返事でOKした」

「マジか」

　しかもかなりノリノリだったらしい。誠志郎さんのスペックとその背景を教えられて、自分も！って感じになった模様《もよう》。

「伊崎としては、同じ教育を受ければ自分のほうが優秀になるはずって確信してるらしいぞ。ま、可能性の話だから否定はしないけどな」

「いやいや、それはどうかなぁ……」

　あいつも頭いいし、高スペックなんだろうけど、誠志郎さん越えっていうのはかなりハードル高くない？　一年や二年でどうにかなるものでもないはずだし、目標の誠志郎さんだって立ち止まってるわけじゃないんだし。

誠志郎さんはいまでも勉強とか訓練とか、ちゃんとやってるんだよ。ゴールはどんどん先へ行くんだから追い越すのは並大抵じゃない。

「父さんもノリノリなんだよね」

「久々にいい素材が現れたって言ってたからな」

「素材……」

言葉通りって気がして笑えない。父さんにとっては楽しい育成ゲームの始まりだもんな。誠志郎さんはほぼ手を離れちゃってるわけだし。

それにしても誠志郎さんは、黙って聞いてたのかな？

「今日って三人だけだよね？」

「ああ。俺は特にすることもなくて、ただメシを食ってるだけだったな。たまに同意を求められる程度か」

「なにそれ、いたたまれない……」

あそこの料理美味しいのに、そんな状態で食べるのは嫌だな。うん、あそこの料理はテイクアウトで家で食べるのが一番いいよ。前に弁当を作ってもらって、家で食べたことがあってさ、あれ本当に美味しかった。本当は出来たてを店で食べるべきなんだろうけどね。

「そうだ。会長が今週中に食事へ行こうって言ってたぞ」

「わかった。電話しとく」

しっかり釘指しておかないと、伊崎を同席させそうだもんな。あの人のことだから、実際に会ってみて危険度低いと思ったら遠慮なくそういうことしそう。普通は、息子の恋人には多少は気を遣うものだろうに、俺への愛情と、誠志郎さんへの愛情ってかなり違うみたいだしさ。

俺は相当過保護にされてる自覚はある。なんたって俺のために誠志郎さんを育て上げたくらい。手塩にかけたから父さん的に誠志郎さんへの愛着はあるらしいんだけど、それって全然甘くないんだ。むしろちょっとした邪魔とか精神攻撃くらいは平気でしそう。

前にちらっとそんなようなこと言ってたんだよね。「誠志郎に無理難題ふっかけるとおもしろいんだ」って。

もしかして伊崎をスカウトしたのも、多少そういう対誠志郎さん的な部分があるのかも。

「じゃ、ちょっと電話してくるね」

誠志郎さんからだいたいの話を聞き終えると、俺は自分の部屋に入った。さすがに誠志郎さんの前で父さんと電話する気はないよ。

どこかのホテルにいるらしい父さんは、かけたらすぐにつかまった。珍しいことに部屋でのんびりしてたらしい。飲みに出てることも覚悟してたんだけどね。

「だいたいのことは聞いたよ」

『客観的で冷静な？』

「うん」

『つまんねぇやつだな』

「父さん」

　ああやっぱり誠志郎さんをいじめたいんだ。愛情がゆがんでる。

　なんだっけ、ライオンが子供を谷に突き落とすとかそういう言葉あったよね。そう考えると別にゆがんでるわけでもないのか。

『もうちょっとストレートに感情出せばいいのにな。和哉に突っかかりもしねぇ』

　和哉って誰？　って一瞬思って、伊崎のことかって理解した。そう言えばそんな名前だったね。忘れてた。

「もう名前呼び？」

『誠志郎と同じように扱うことに決めたからな。何年か前のあいつと一緒だ』

「ふーん……。それはいいけど、こっちに変なちょっかいかけてこないでよ」

『人聞きの悪いこと言うんじゃねぇよ。誠志郎を鍛えてやってんだろ。おまえをモノにして安穏としてやがるから、なまらないようにな』

「そういうの余計なお世話って言うんですー」

『恋愛にスパイスは必要だろ？　甘ったるい、ぼやーっとした味ばっかじゃつまらねぇぞ？』

「そんなことないし」

甘くたっていいじゃん。甘いものだっていろいろあるんだからな。甘いのにちょっとだけしょっぱいのが入った感じとかも好きだけど！　あれ、塩ってスパイスだっけ？　まぁいいや、とにかく俺たちのことはそっとしといて欲しいです。

『いいこと教えてやろうか』

「……なんか、全然いいことって感じがしないんですけどもー」

『誠志郎のやつ、あれでいてかなり焦ってるぞ』

教えてって言ってないのに勝手に教えられたよ。まぁ拒否したところで言うつもりだったんだろうけどさ。

それはともかく、父さんの言葉はスルーできないものだった。

「父さんにもそう見えるんだ？」

『可愛いだろ』

「可愛いとか思う余裕ないよ」

それどころか可哀想《かわいそう》になってきたよ。もしかして父さんの育成第二ステージなのかな？　第二ステージは精神面を鍛えるの？

ようやく元に戻りそうな感じになってきたのに、どうなっちゃうんだろうなぁ。

「あのさ、大丈夫だと思うけど、伊崎には余計なこと言わないでね」

『余計なことの範囲によるな』

「だから、誠志郎さんを揺さぶるためとか、そういうの。あと俺の個人情報とか」

大丈夫だとは思ってるけど、一応ね。好き勝手やってるように見えて、父さんもちゃんと考えてる人だから。

『言っとくが主目的は誠志郎じゃねぇぞ。あくまで和哉にいろいろ叩き込むことだ。それに家庭の事情とか昔の話はする。おまえの置かれてる状況とか厄介《やっかい》な体質を、あいつには把握してもらう必要があるからな』

「父さんがゲイってことも言うんだ？」

『もう言った』

「あ、そうなんだ」

そこは誠志郎さんとの話には出てなかった。でも相手の反応を見るにはいい話題だよね。そもそも俺に気がある伊崎がそれくらいのことで引くとは思えないし。むしろ親っていう、普通に考えたら障害になる存在が理解者って知って喜びそうだよ。

「どんなだった？」

『あれだよ、目がキラーンってしてたな。で、やたら声弾ませて、だったら俺が蒼葉先輩の恋人になっても男同士って意味では反対しませんよね？　だとさ』

「うわ……」

誠志郎さんの前でそんなこと言ったのか。もう何度もその手のことは宣言してるから、いまさらではあるんだろうけど。

父さん、完全にこのへんに関してはおもしろがってるな。深刻な事態にならなければ俺たちの三角関係は大歓迎なんだろうね。

でも実際は三角関係じゃなくて、ただ伊崎が横恋慕してるだけだ。なんて自分で言うのって恥ずかしい。

それから父さんに食べたいものをリクエストして電話切って、リビングに戻った。

ソファでくつろいでる誠志郎さんを見つけて、黙って隣に座る。この人がなにもしないでただ座ってるのは貴重なんだよ。

ちょっとくっつく感じで座ってみたら、ふっと笑う気配がして頭を撫でられた。

やっぱいいな、こういうの。穏やかなのが一番だよ、波乱なんていらない。

どうか波風立ちませんように。

無理かもって思いながらも、俺は結構真面目に祈った。

二日間の学祭が終わると、大学は嘘みたいに元の静けさを取り戻した。

学生としての本分は順調。サークル活動はまたちょっと賑やかになって、俺の相談窓口にもまた人が来るようになってしまった。

最近は少し減ってきてたんだよ。変な言い方だけど一周したっていうか、来ようと思った人があらかたもう来ちゃった状態というかね。

なのに新一年が毎回五人くらい来るようになっちゃったんだ。

学祭でうちのサークルがちょっと目立ったのが原因みたい。結構お客さん来たからね。売り上げも予想の倍……とまではいかないまでも、近いところまでは行ったし。レンタル料とか石の仕入れ代なんて軽ーくクリア。純利益が十万円近く出たんだよ。

食べもの売ってるとこなんかはもっと出してるみたいだけど、うちなんか完全にダークホースだったんで学内でもちょっと話題になった。人気投票でもそこそこいい位置に入ったし。あくまで、そこそこだけどね。

「はー……終わった」

「女子増えたよな」

「学祭のときに占いとかやった子たちだね」

「最近の傾向って、半分そっちっぽいですよねー。オカルトじゃなくて」

どうやったら運がよくなるのか、彼氏が出来るのか……みたいなこと俺に聞かれても困るよね。っていうか、なんでそっちも全部俺が対応してるんだろう？　いま気づいたけど、おかしいじゃん。そんなの宗平とかがやればいいことじゃないの。

ちらちら誠志郎さんとか伊崎のこと見てる子が多いしさ。いやメインは伊崎だ。同じ一年だし、向こうはよく伊崎のこと知ってるんだろうな。

まぁね、伊崎のほうが取っつきやすいと思うよ。一見さわやかだし。美形度は誠志郎さんのほうがずっと高いけど、お堅い優等生を演じてるから敬遠されがちだしね。怖そう、っていう意見にもちょっと頷ける。でも、おもしろみがないとか言うのは反論したい。っていうか女の子たちが言うおもしろみって、よくわかんないし。

「伊崎、すげーモテるんだってな」

「みたいですね」

宗平が伊崎に話を振った。でも伊崎は苦笑交じりというか、他人ごとみたい。

内心どう思ってるかはともかく、伊崎は一応先輩に対する態度はちゃんとしてる。大八木さんや宗平にも、礼儀正しい後輩としての態度だ。

「なんだ、みたいって」

「本気で告られたりはしてないんで。なんていうか、すげぇ軽く付きあわない？　とか遊びに行こうとかは、言われますけど」

「ノリで女の子と遊びに行ったりしないのか」

「しないですね。こう見えて、俺真面目なんで」

さりげないアピール来た。俺のこと見てるわけじゃないんだけど、俺に聞かせるように言ってるのがわかるんだよね。意識がこっち向いてるの。

そんな伊崎は、料亭で会った次の日から、父さんのところのジムへ行ってるらしい。アルバイトしながら身体《からだ》鍛えてるんだってさ。

これは父さんからの情報なんだけど、伊崎は接客にも向いてるみたいだよ。誠志郎さんよりずっと愛想がよくて、使えそうだって。

まぁそうかな、って思う。社交性って点では誠志郎さんより高いもんな。それは素直に認める。

とりあえずいまのところは問題もない。至って平和。誠志郎さんも落ち着いてて、キスもエッチも無事に復活しました。

　約一ヶ月ぶりのエッチはさすがにお互い羽目外しちゃったけどね。父さんの邪魔を警戒して、週末にホテルに行って、思い出すのも恥ずかしいくらいイチャイチャしたよ。ガレージ一体型のホテルで、持ち込みOKのとこで、非日常感がちょっと楽しかった。

「蒼葉先輩」

　ヤバい、思いだし笑いしそうになってた。

　慌てて顔を上げると、伊崎がじっと俺のほうを見てた。いつの間にか座ってた場所も移動して、近くにいた。

「な、なに？」

「蒼葉先輩はジム行かないんですか」

「行かないよ」

「なんで？」

「って言われても、運動好きじゃないし」

　俺の名誉のために言うと苦手じゃないんだよ。体育の成績は、ずっと中の上くらいだったし。五段階評価で言うと、ギリギリ四ね。足の速さもそれくらいかな。クラスに男子が二十人いるとしたら、速いほうから六番目とか七番目あたり。だからリレーの選手になったことはない。

父さんに言わせると、本来の身体能力は低くないのに……ってやつらしい。低くないのに、まったく生かせてないって意味だ。

「体力なさそうですよね」

「そんなことないし」

腕力ではそりゃおまえに敵わないし、体力だって持久力だってそうだろうね。でも人並みにはあるんだからな。

伊崎はなぜか「ふーん」って探るみたいな顔をしてた。

「お疲れ様でした。帰ります」

俺の役目は終わったから、今日はもう帰ることにした。このまま話してたらまた誠志郎さんが気にするかもしれないし。

もともと超常現象とかに興味がないのをみんな知ってるから、俺のこんな行動も流してくれる。居残っても、話に参加出来ないしさ。

誠志郎さんと連れ立って帰る姿にも、みんなもう慣れたらしい。新入生たちも俺の事情とか誠志郎さんの立場とか知って、とっくに納得したみたいだ。

「俺もバイトなので帰りまーす。お先に失礼します」

「お疲れー」

追いかけるみたいに伊崎も教室を出た。アルバイトは口実でもなんでもないから俺も誠志郎さんも文句は言えない。

「ところで参考までに聞きたいんですけど」

真後ろから小さな声が聞こえてくる。俺と誠志郎さんが並んで歩いてるから、さすがに伊崎は並ぶのを諦めたらしい。三人横並びは迷惑だよね。多少は歩いてる人もいるし。

「神田先輩って淡泊そうに見えて実は激しいって本当ですか？」

「っ……」

危うく変な声が出そうだった。大学の廊下でなんてこと言い出すんだよ。

とっさに振り返っちゃった俺に罪はないと思う。勢いつきすぎてよろけて、誠志郎さんに肩支えてもらったのは申し訳なかった。

「廊下でイチャつくし」

「誰のせいだよ」

「誰に聞いた？　それともおまえの想像か？」

誠志郎さん声が低いよ。普段の二割増し低い。

そう、誰に聞いたかは気になるところ。もし溝口だったら、あいつ捕まえて懇々とまた説教しなきゃいけない。

けど幸いなことに違ってた。いや、別に幸いでもないか。

「信彦《のぶひこ》さんですけど」

父さんかよ。なんでそんなこと知ってるんだ。いくらなんでも誠志郎さんはプライベートなことまで報告してないはずだから、きっと推測というか憶測だな。性格とか状況とかから結論づけたに違いない。実際間違ってないし。

それにしても、伊崎の口から父さんの名前が出てくるのは違和感がある。どういうやりとりがあって、そんな呼び方になったのかは不明のままだ。なんとなく、って二人とも同じこと言ってたし。

結局質問ははぐらかして、俺たちは駅で伊崎と別れた。そこまでにいろいろ質問されたけど、きわどいことが多くてほとんど答えなかった。

「あれ？」

家に着くと、玄関に父さんの靴があった。勝手に入るな、と言えないのが扶養家族の悲しいところだ。誠志郎さんに至っては、住み込みで働いてる状態だし。

「おかえり」

「……ただいま」

そう、父さんが鍵を持ってるから、あの日はホテルへ行ったんだ。してるときに来られたらたまったもんじゃないから。

「どうしたの」

「今日はメシ食う約束だろ」

「そうだけど、まだ早いし……」

そもそも俺たちから父さんが泊まってるホテルに出向いてそこで、っていう話だったはず。まだ二時間くらいあるよ。

「気が変わった。久しぶりに誠志郎になんか作ってもらって、家呑みにするわ」

これは相談とか提案じゃなくて決定事項だよね。誠志郎さんは顔色一つ変えずに、ちょっと買いものに行ってきます、って言って出てった。

相変わらずだよ。気分屋というか横暴というか自分勝手というか。それでも母さんがいたときはまだ押さえられてたんだよね。あれでも気を遣ってたらしい。

俺は溜め息をついて、父さんが座ってるソファの近く……の床に座った。

「だったら連絡してよ。そしたら帰りに買いもの出来たのに」

「最近はどうなんだ?」

「俺の話も聞いてよ……。えーと、最近？　別に普通だよ」

文句を言っても無駄だって諦めて、父さんのざっくりした質問に答える。なんかこの人といると、いろいろ諦めるってことを覚えちゃうんだよ。

「誠志郎は安定してそうだな」

「と思うけど」

「つまらねぇ」

二言目にはそれだよ。どれだけ誠志郎さんを動揺させたいんだか。

「あっ……！」

「なんだよ、驚くじゃねぇか」

これっぽっちも驚いてないくせにそんなことを言う父さんを、俺は思いっきり睨《にら》み付けてやった。

効果がないのは知ってる。

「伊崎に変なこと言っただろ！」

「変なこと？　どれだ？」

「どれ、って……そんないろいろ言ってんの!?」

「だから、おまえが言う『変なこと』がどのへんまで指すのかがわからねぇんだよ。おまえが去年、立て続けにレイプされかけた話なんかもそうだろ。俺的には必要だから話したけどな、おまえからすれば変な話かもしれねぇし」

やっぱそれも話したのか。伊崎がこのあいだ「俺も目を光らせておきますから」とか言ってたのはそのせいだったんだな。おまえも同じことしたくせに。

「誠志郎さんが激しいって話！」

「なにが激しいって？」

「っ……わ、わかっててそういう……その、だからセックスが！」

親に向かって言うのはやっぱり抵抗があるんだよ。たとえ言われたほうが、まったく気にしなくてもね！

父さんはちょっと赤くなってる俺を、そりゃもう楽しそうに見てる。

「間違ってたか？」

「ま……ちがって、ないけど……」

「だろ」

「なんでそんなことわかんの？」

「性格とか、雰囲気とか、いろいろだな」

誠志郎さんだけじゃなくて、俺の雰囲気とかも込みらしい。やだなー、親にそういうこと考えて欲しくない。

「和哉もそうだと思ったって言ってたぞ」

「思うなよ……」

「ま、あれも同じタイプだからな。出会った頃の誠志郎は、いろいろとすさんでたけどな」

それはだってしょうがないじゃん。生活かかってたんだから。

誠志郎さんは十五歳のときに両親を事故で亡くして、頼れる親戚もなかったんだ。大人っぽい外見を生かして年ごまかして夜の仕事してるときに父さんに会ったわけ。すさんでる、っていうのはたぶん性生活のほうも含まれてるんだろうな。普通に身体だけの付き合いの相手とか、当時はいたみたいだし。

「伊崎はそのへん真面目そうなこと言ってたけど」

「それなりに経験はあるみたいだぞ。中学のときに、家庭教師の女子大生と一年くらいセフレだったって言ってたし」

「はぁ？」

「高校のときも、何人か彼女はいたみたいだな。年上が多かったらしい」

平然と嘘ついたのか？　いや、ちょっと待て……ノリで遊びに行ったりはしない、って言ってたんだっけ。うーん、それ自体は嘘じゃないのかもしれないけど、釈然としない。真面目だなんてことも言ってたし、あれだけ聞いたら誠実な男なのかな、って思うじゃん。

「いまは真面目にやってる、ってことだろ。そもそもセフレがいるから不誠実ってわけでもねぇんだしさ」

「……そういうもの？」

「互いに納得してセックスしてるなら問題ねぇと思うけどな。恋愛する気はねぇが身体の相性はいい、ってこともあるしな」

「それで満足出来んの？」

「スポーツで汗流すのと似たようなもんだ」

「ええー違うよ絶対」

だってそんなの幸せな気持ちになれないよ。気持ちはいいのかもしれないけど、セックスってそれだけじゃないじゃん。

好きな人とするから気持ちいい、って思うのは、ぬるいのかなぁ？　誠志郎さんとしかしたことないからよくわからない。とりあえずほかのやつに触られたときは気持ち悪くて、快感なんてあり得ない状態だったよ。

「和哉はおまえにとってどうなんだ？」

「え？」

「恋愛対象に入るか？」

「考えたことない」

っていうか考えることも拒否。だって誠志郎さん以外いらないからね。仮の話だとしても、考えるのは不誠実じゃん。

「あれもなかなかの優良物件になるぞ」

能力の面では期待値大で、性格的な問題はまだ十代だから矯正も出来る……らしい。父さんの見立てでは、問題は特にないみたいだけど。

「掘り出しものだったな。蒼葉、よく引っかけてきた」

「言い方！」

引っかけた覚えはないからね。伊崎が勝手に俺に目をつけたんだよ。

「ああいう使えるやつばかりならいいんだけどな」

「二度とないと思うよ。それにしても、すごい高評価だよね。まさかと思うけど、伊崎のこと狙ってないよね……？」

「まさか。前も言ったろ。ガキは守備範囲外だ」

「ならいいけど」

よかった安心した。大丈夫だとは思ってたけど万が一ってこともあるからね。いや、もし本人たちがそれでいいって言うならいいんだけど。父親とは言え、人の本気の恋愛に口出すつもりはないからさ。

うんうん、って頷いてたら、また流せないこと言われた。

「それに息子の恋愛沙汰には関わりたくねぇし。見聞きする分には好きだけどな」

「恋愛沙汰って……」

「そうだろ？　おまえと誠志郎がどう思おうと、和哉が略奪する気満々なのは事実だ。十分恋愛沙汰だし、将来的にも無関係じゃいられないだろうし」

「なにそれ」

「誠志郎がうちの社員なのは知ってるだろ？」

「うん。卒業したらまた戻るって」

誠志郎さんがいま学生生活を送ってるのは俺のためなんだけど、誠志郎さん本人の希望でもあるからね。いまも父さんの会社に籍はあるみたいだし。

「そう、あいつは幹部候補だ。和哉も本人が望めばうちに入ってもらいたいと考えてる。そうなれば立場は同じだ。入社時期の違いはあるがな」

「それはわかるけど、俺には直接関係ないよね？」

「和哉が諦めない限り、まったく無関係ではいられねぇぞ」

つまり父さんが経営から手を引いても影響力はまだ強いし、将来的に復帰する可能性もゼロじゃない。いまだって人事に口出せる状態だし。そもそも創業者であることには変わりないし、二人を育てたっていう事実は残る。その息子の俺は確かに無関係じゃないかもしれない。

それに二人が同じ会社にいるってことは、ライバル関係になるってことでもある。伊崎が俺を諦めなければ、こっちが無関係貫いてもあっちから関わってきそうだよね。

「……四年以上も先の話だよね？」

「そうだな」

「さすがに伊崎も冷静になるんじゃないかなぁ」

「もう十分冷静だろ、あいつは」

「いやあの、熱が冷めるって意味で……」

伊崎のあれは確かに恋なんだろうとは思うよ。だから盛り上がってるんだよね。何ヶ月も、ゲームのなかで知り合っただけの顔も年も性別も知らない俺を探し続けて、やっと見つけて、そのとき爆発した感情がまだ続いてる。

でも四年は長い。俺とゲームで知り合ったのは去年の三月くらいで、そこから数えたってまだ一年ちょっとだ。逃げられたから、あるいは見つからないからこそ気持ちが盛り上がった可能性はあるし、たまたま俺の顔とかが好みだったから、いまの状況がある。誠志郎さんっていうハイスペックな恋人のせいで燃えてるのかもしれないし。

「冷めるのを期待しとく」

「甘いな。あの手のタイプは面倒だぞ」

「だったら俺に近づけるようなことしなきゃよかったじゃん！　もう誠志郎さんがいるんだし、父さんの部下としてはともかく、俺のボディガードは足りてるよ」

「俺の見解ってやつを教えてやろうか」

「うん？」

「おまえのパートナーは、誠志郎でなきゃいけないってわけじゃない」

「え？」

頭をガツンと殴られたみたいな衝撃がした。

「おまえが選んだ相手で、おまえを大事に出来るだけのものを持ってれば、誰でもいいんだよ。もし和哉が誠志郎よりおまえのことを幸せに出来るなら、和哉でいい」

「そんな……」

父さんが俺のことを一番に考えてるのは知ってたけど、こういう考えだったなんて知らなかった。俺のために誠志郎さんを育てて、愛情だってちゃんとあるはずなのに、代わりはいるっていう認識もあったんだ。

「のうのうと新婚ごっこしてる余裕はねぇってことだ」

父さんの視線と言葉は、俺の後ろのほうに向けられてる。

はっとして振り返ったら誠志郎さんが立ってて、さすがに少し顔をこわばらせてた。わざと誠志郎さんに聞かせたんだ。

すぐに「ただいま戻りました」って言ってキッチンに入っていったけど、父さんの言葉に衝撃受けたのは間違いない。

俺だってショックだった。

「父さんは……伊崎を誠志郎さんのスペアにしようとしてんの？」

キッチンにまで聞こえないように気をつけた。声が尖っちゃったのは仕方ないと思う。

「スペアじゃねぇよ。選択肢の一つだ。どうせ選ぶなら選択肢は多いほうがいいだろ？」

「一つしかなくったて、それがベストだったらいいじゃん」

「提示された順番が影響してないって言い切れるか？」

今日の父さんはなんだかやたらと意地悪だ。つまり最初に誠志郎さんと引き合わされたから、他の人を選べる状態じゃなかった……って言いたいんだ。

けど別に、俺は誠志郎さんとだけ会ったり話したりしてるわけじゃない。

「誠志郎さんじゃなかったら、普通に同居人してたと思うよ」

一番近くにいたから恋人になったわけじゃない。好きになったから恋人になったんだ。で、近くにいることと好きになることはイコールじゃない。

「へぇ」

納得してない顔に腹が立った。ちょっと会わないあいだに根性ひん曲がったんじゃないの。一応これでも俺のこと考えてるのは知ってるから、本気で怒ったりはしないけど。

ムッとした顔で父さんを見てたら、ちょいちょいって指先で呼ぶ合図をされた。

「なんだよ」

「いいから来い」

仕方なくソファ……父さんの隣のスペースに座ったら、こっそり耳打ちされた。

「なんだったら、彼氏は二人いてもいいんだぞ？」

「はあぁっ？」

自分でもびっくりするくらい素《す》っ頓狂《とんきょう》な声が出た。

なんだそれ、なんだよそれぇっ！　俺に二股かけろって言うのか？　なに言ってんだよこのオヤジは！　父親として以前に人としてダメだろ！

言いたいことが顔に出てたらしくて、父さんは笑いをこらえるような表情になってた。

からかわれた……？

「マジな提案だぞ」

「あ……あり得ないって」

「そうか？　どっちにも愛情があって、二人に差をつけないならありだと思うぞ」

「父さんってそんな恋愛してきたの？　もしかして恋人、何人もいたりすんの？」

「おまえと俺じゃ、たぶん恋人の定義が違うだろうな。パートナーって意味では、いまゼロだ。お互いに愛着があっていろいろ相性もいいいんだが、縛るのも縛られるのも嫌……っていう関係の恋人なら、まぁ何人かいるな」

「……無理だよ、そういうのは……」

とてもじゃないけど、そんな付きあい出来ないって。父さんの言ってる恋人って、俺でいうセフレじゃないの？

「おまえの場合はパートナーとして二人目を考えればいいんだよ」

「パートナーは一人だと思うんだけど」

「二人いてもいいんじゃねぇか、っていう話だよ。重婚は日本じゃ法律違反だが、そもそも結婚するわけじゃない。なんだったら俺の養子って形で籍入れちまえば、二人まとめて法的関係も結べるしな。世界規模で考えりゃ、結婚相手やパートナーが一人じゃなくてもいい地域だってあるだろ。宗教とか社会通念の問題でしかねぇ」

「いや、そんな世界規模で語られても……俺日本人だし」

同性の恋人がいるのは確かに一般的ではないかもしれないけど、それはそれだよ。男同士より複数の恋人ってほうが俺にとってはハードル高いんだって。

「堂々巡りだな。どっちも将来性があるし、悪い話じゃねぇと思うけどな」

「そういう問題じゃないよ。だいたいさ、普通は恋人を共有するのなんか嫌じゃん。独り占めしたいもんでしょ」

「まぁ普通はな」

「だったらこの話はなし。父さんさっきから誠志郎さんに失礼だよ。誰でもいいみたいなこと言っちゃうしさ」

「誰でもいいとは言ってねぇだろ。おまえが好きになった相手っていうのが大前提だ。もし心変わりして和哉がいいっていうなら、かまわねぇってだけだ」

「……納得出来ない」

「誠志郎は納得してると思うぞ」

「え？」

どういう意味？　って聞こうとしたら、キッチンから誠志郎さんが出てきて言えなくなった。声は聞こえてなかっただろうけど、俺たちがさっきの続きを話してることは雰囲気でわかっちゃったと思うんだ。

そこには触れずに、メニューの確認だけして戻っていったけど。

手伝おうかと思ってキッチンに行ったら、大丈夫だって言われてのこのこ戻ることになって、父さんのにやけ顔には辟易してたから自分の部屋にこもった。することなかったから、ご飯までパズルゲームをした。

　作ってくれた料理は美味しくて、父さんもしきりに褒《ほ》めてたよ。でも誠志郎さんはあんまり嬉しそうじゃなかった。ある意味いつも通り。俺の目にそう見えただけかもしれないけどね。父さんも普段と全然変わらなくて、俺はちょっとやけになっていっぱい食べた。

　父さんは九時頃になって帰ってった。

「またな」

「うん」

　見送って部屋に戻ったら、気まずさにどうしたらいいのかわかんなくなったよ。せっかく元に戻ってたのに、また変な空気になっちゃったじゃん。しかも今回は父さんの思惑がわかっちゃって、俺だって微妙な気分。

　思わぬ伏兵ってやつだよね。まさか父さんがこんなに俺たちの仲を引っかきまわしてくるなんて思ってもみなかったから。

「あのさ、父さんが言ってたこと、全然気にしないでいいから」

「会長が伊崎をスカウトすると言った時点で、ああいう考えなのはわかってた。いや、その前からだな。大学に入ってきたあいつを見たときからか」

　落ち着いた口調は相変わらず。けど心のなかまでそうだとは限らないよね。焦ってる、って父さんも言ってたし。

もっと気持ちを出してくれればいいのに。父さんに対してだって、もっと反発すればいい。それだけの関係は築けてるって思ってたけど違うのかな。

「父さんが目をつけるって確信してたってこと？」

「伊崎のことは調べたし、その報告も渡してあったからな」

「そうなんだ……」

俺が話す前から興味は持ってて、でも俺にはそんなそぶり見せないようにしてたんだな。そっか、誠志郎さんが伊崎を気にしてたのは父さんのそういう腹づもりに気づいてたからか。

きっと誠志郎さんのほうが俺より父さんのこと理解してるんだろうな。生まれたときからずっと一緒にいたのに、俺は父さんのこと全然わかってない気がする。実の親子じゃなくても、仲いいし理解もしあってるって、ちょっと自慢だったのに。

「なんか、ごめん。って俺が謝るのも変だけど」

ソファに座ってる俺を、誠志郎さんは少し離れたところからじっと見つめてる。壁にもたれて、動く気配もない。

「えっと、ここ座って」

言わなくたって普段の誠志郎さんならとっくに隣にいたはず。ってことは、また変な距離感出来ちゃったってことだ。

ほんと、今度父さんに会ったら文句言わなきゃだよ。

「将来、誠志郎さんと伊崎が同僚になるかもしれないって言ってたよ。っていうか普通に考えたら誠志郎さんが上司って可能性のほうが高いよね」

あくまで社員としての伊崎を育てる、ってのを強調しとく。プライベートは関係なし。まして恋人とかあり得ない。うん。

「もしそうなったら、扱いにくい部下になるな」

「だね」

「その頃、蒼葉にとって伊崎はどんな存在になってるんだろうな」

「え……？」

「警戒心がかなり薄くなってるだろ？」

ぼそっと言われたことに俺は衝撃を受けた。大げさかもしれないけど、あんまり自覚してなかったことを突きつけられた感じで、なにも言えなくなった。

その通りだった。伊崎は俺にとって、ちょっと面倒な後輩だ。近寄ってこられると困るけど嫌なわけじゃないし、感心することも多い。

慣れてきてるとは思ってた。警戒心取ろうとしてるんだな、って考えながら話してたこともあった。

けど言われて初めて警戒心がほとんどなくなってることに気づいた。

「……伊崎が来るの、当たり前になってきてた……」

一人でいるときに会いに来られたら、全力で逃げたり拒否したりしたと思う。けど伊崎は俺が誰かといるときしか来ない。そうやって少しずつ俺を慣らして、自分の存在をマイナスからちょっとプラスくらいにまでしたんだ。

そこまで考えてたならすごいよ。気が長いし、自制心だってかなり強いことになるじゃん。

「でも……そのうち飽きるかもしれない」

「それはどうだろうな」

「簡単に手に入らないからムキになってる、って可能性もあるじゃん」

ライバルが誠志郎さんだからってのは大きいと思ってる。だって伊崎は今までなんでも手に入る人生だったみたいだから。

あいつの家も結構金持ちみたいなんだよね。そこの三男で、上二人とは結構年が離れてて、かなり可愛がられてきたらしい。自分で金持ちとは言ってないけど、会話のなかでそういうことはわかる。生活水準が高いっていうかね。

欲しいものがすぐ手に入らないなんて初めてなんだろうな、って思った。だから余計に欲しくなっちゃってるんだ。

誠志郎さんはなにか言いたそうな顔をして俺をじっと見てた。

聞きたいような、聞きたくないような、ちょっと複雑な気持ちになる。

「伊崎の執着は時間でどうこうなるもんじゃねぇ」

言葉遣いが久しぶりに乱暴になってる。最近は滅多に聞けなくなって、ちょっと寂しいなって思ってたんだ。

だって本来の口調とかって、自分をさらけ出してくれてるみたいで嬉しいじゃん。

いまはそんな暢気なこと言ってられる余裕ないけど。

「でも、伊崎は俺が手に入らないから……」

「手に入ったら、今度はそのまま嵌まりこんでいくだけだ。執着して、溺《おぼ》れて、自分じゃどうしようもなくなる」

大きな手が俺の頬を撫《な》でて、そのまま滑るように首に下りた。肌に触れる指先は愛撫のような気もするけど、なんとなく危機感みたいなものも抱かせる。

「待って」

制止の言葉なんて振り切って、誠志郎さんは俺をソファに押し倒した。キスで口を塞《ふさ》いで、いつになく乱暴に服をはぎ取っていく。

脱がすっていうよりも剝《む》かれたって感じだった。

するのはいいよ、恋人だし。けど、なんか今日の誠志郎さんは怖い。

キスだってそうだ。いきなりのことで逃げる舌を追いまわして、まるで噛《か》みつくみたいなキスをしてくる。

こういうキスだってあったよ。けどもっと余裕があった気がする。わざと荒々しいのと本当にそうなのとは、絶対的に違うんだって知った。

長いキスから解放されたときには、俺はもうぐったりしてた。

「んぁっ……」

いきなり下半身に顔埋められて、舌とか指で愛撫されて、びくびくって身体が跳ね上がった。

抵抗したくなったけど、そんなことしたら誠志郎さんが傷つくんじゃないかって思ったら出来なかった。

ローション垂らされて、指入れられて、前も後ろもぐちゃぐちゃにされた。喘《あえ》いでるうちに、考える力は奪われた。

抱かれ慣れてるせいなのか、ちょっと乱暴にされてもやっぱり感じるものは感じるし、後ろはわりとすぐに誠志郎さんを受け入れる状態になってしまった。

乱暴って言っても暴力的じゃなかったから、萎縮するほどじゃなかったし。

「やっ……」

押し入ってくるときは、普段より少しだけ痛かった。身体に力が入っていたせいなんだと思う。きっと心の準備が出来てなかったんだ。

激しく突き上げられて、いつもとは違う感じ方に泣いた。余裕も冷静さもなくて、俺はものすごく混乱してた。

だから誠志郎さんの言葉も、記憶には残ってるけどそのときは意味をまったく考えなかったんだ。

「全部蒼葉のしたいようにすればいい。俺からは離れられないから……」

「ああっ、や……っ、あん……！」

いつもよりずっと荒々しく突かれて、かきまわされて、何度もいかされて……。

それでも気持ちよくなっちゃった俺は大概だとは思うけど、そんな身体にしたのは誠志郎さんだ。

乱暴だけど愛情は感じたし。

けどさ、もう無理って泣いてもやめてくれないし、気絶しても離してくれないのはどうかと思った。

俺の意識なくても続けてるとか、もうね。

何回もそういうの繰り返して、たぶん本気でさんざん泣いて、結果的に俺は次の日大学を休むはめになった。

このあいだのホテルのときも延々とバカみたいにやってたけど、あのときとは違って俺のペースなんて全然考えてくれない一方的なセックスだった。誠志郎さんの体力とか衝動とかに任せたらこうなるんだって、身体で嫌ってほど思い知らされた感じ。

大好きな誠志郎さんとのセックスなのに、幸せな気持ちになれなかった。身体だけが快感につかまって、心とかは置き去りで、なんでどうしてってずっと思ってたよ。

レイプされたとは思ってない。あくまでちょっと一方的なセックスだった。けど、このまま心臓止まって死んじゃうんじゃないかって怖くなったりしたのも事実。

そのせいか誠志郎さんが近くに来ると、ほんのちょっとだけ身体が硬くなる。それが誠志郎さんにもわかって、いたたまれない気持ちになっちゃうんだ。

誠志郎さんなんかもう、死にそうな顔してたし。後悔でいっぱい、って感じの。

「失敗したなぁ……」

目が覚めて最初に誠志郎さんと顔あわせたとき、笑いながら文句言うべきだったかもしれない。それが無理なら怒ったってよかった。

でも俺は、びくって震えてなにも言えなくなっちゃったんだ。

別に傷ついたとか怯えてたとか、そんな大げさな話じゃないんだよ。ただ俺が過剰反応しちゃっただけで。

たぶん身体がまだいろいろ引きずってたんだよ。快感って怖いと思うこともあるからさ。身体が自分のものじゃなくなってく感じって、結構ヤバいじゃん。

気持ちいいのに、つらくてさんざん泣いたもん。おかげで目が腫れぼったい。途中から記憶曖昧《あいまい》だしさ。ひんひん泣きながら、意味のないこといろいろ言ってた気がするし。

ちょっと前に、誠志郎さんが俺に触ろうとしなかった理由がわかったよ。昨日みたいにならないように、ってことだったんだね。

誠志郎さんは俺が目を覚ましてすぐに謝ってくれたし、甲斐甲斐しく俺の世話してくれた。見た感じもう落ち着いてたけど、きっと心のなかはまだ荒れてるんだろうな。

俺は平気だよ。ただ身体のほうはだるくて重くて、痛いとこもあって大変だけど。

これ、歩けるかな。明日も休むことになったらどうしよう。

「眠い……」

また睡魔が襲ってきた。単純に疲れてるってのもあるし、熱っぽいせいもあるのかも。

いろいろ考えなきゃいけないことがあるのに、上手く頭がまわらないや。ドアを小さくノックする音が聞こえてきたけど返事も出来ないし、目も開けられない。

ごめん。狸寝入りじゃないんだよ。いまちょっと無理。

身体がすうっと沈み込んでいく感じがした。逆らわないように身を任せて、俺はそのまま眠りに落ちた。

あれからずっと、言葉の意味を考えてる。あれからって言っても、まだ一晩だけどさ。まだちょっとふらふらする身体を引きずって、朝からびっしり講義を受けたけど半分も頭に入ってこなかった。だるさのせいとかじゃなくて、考えごとでいっぱいいっぱいで。

「まだ具合悪そうですね」

伊崎が心配そうに顔を覗き込んできて、思わず後ろに下がってしまった。近いんだよ、もっと距離感とか考慮しろってば。

って、俺のこと好きなんだもんな、こいつって。そりゃ隙あらば近づこうとするよね。

ここはカフェテリアの隅っこだ。人目につかないベストな場所。で、俺はいま誠志郎さんを待ってるとこ。

ゼミの用事があって、今日はいつもより少し遅くなるって連絡があったんだ。で、宗平に付きあってもらって待ってたら、伊崎と溝口が現れたわけ。

ちなみに今日は車で来たよ。俺が筋肉痛とかいろいろで唸《うな》ってたら誠志郎さんが車出してくれた。裏門から出て三分くらいのときにあるパーキングに停めてある。

「なんかすげぇ色っぽいですよね」

伊崎が小声で言ったことに、思わず俺は顔をしかめてしまった。言った本人はニコニコ笑ってて、声が聞こえなかった人から見たら普通にさわやかだ。

聞こえてたのは同じテーブルにいる俺と宗平、それから溝口だけだ。

宗平は険しい顔になって伊崎を見てるけど、溝口はやたら嬉しそうだった。

「だよね？　やっぱ昨日休んだ理由って神田さんが激しくてっ……？」

わくわくすんな。微妙に当たってるけど、わかってても黙っとくのが正しい対応だろ。自分の萌えに忠実すぎるぞ。

微妙って言ったのは、あれを「激しい」で片付けていいのかって思うからだよ。っていうか、普段から十分「激しい」わけだし。

「おまえら、余計なこと言うなら帰れよ」

宗平って常識人。いやほんと、おまえと友達でよかった。溝口みたいなやつとずっと一緒にいたら神経すり切れる。

「想像すると鼻血出そう……」

「出すな。っていうか想像すんな」

「俺は神田先輩で想像はしないんで大丈夫ですよ。する場合は自分バージョンでします」

「おい」

「というか、よく夢で見るし」

「やめろって」

俺を見る目がいやらしいんだよ。俺を相手にしていやらしい夢見てるって言ってんだから当然かもしれないけど。

「妄想はストップ出来るけど、夢はどうにもなんないですよ」

くそう反論できない。宗平も「ぐっ」っていう感じで言葉飲み込んでる。溝口は「同意」とか言いながら頷いてたよ。

「それはそうとさ、今日の神田先輩ってなんか愁《うれ》いを帯びてたっていうか、蒼葉くんと別の意味で色気ダダ漏れてたんだけど、どうしたの？」

「いつ見たんだよ」

「昼間。五号棟のあたりで」

なんでもないことのように言ってるけど、溝口って五号棟に行く用事なんてないはずだよね？　あそこは大学の外れにあるし売店とかもないし。

まさか日常的に観察に行ってるとかじゃないだろうな。溝口だったらあり得そうで怖い。こいつが伊崎の味方してるってかなり怖いんだけど。本人は俺とか誠志郎さんの敵になってるつもりはないはずだし。

「……別になにもないよ」

「えー嘘だぁ。蒼葉くん、嘘下手だからすぐわかるって」

「だとしても言えないし、言いたくないよ」

「ケンカした？」

「してない」

斜め前から期待に満ちた目で見つめられて閉口した。たとえケンカしたって、別れるとかはないかrらな。

俺だって伊崎ほどじゃないけど図太いからね。よく言うとおおらかで柔軟だからね。そうでなかったら、とっくに壊れてたかゆがみまくってたよ。だって小さい頃から男に狙われ続けてるんだぞ。よく対人恐怖症とか男性恐怖症にならなかったなって感心するもん。外出るのも怖くないし。

まぁ別の意味で変になっちゃってるのかもしれないけどさ。鈍感無神経とかで人に嫌われないように努力しよう。

「前から聞こうと思ってたんだけど、ケンカとかするの？」

「しないよ」

「神田先輩とじゃ、なかなかケンカにもならないですよね」

伊崎が訳知り顔で入ってきた。おまえが俺たちのなにを知ってるんだよ。なにその「俺はわかってるよ」みたいな態度。

「……あっちが大人だからね」

「それもあるけど、性格的に。あの人、本心とか本音とかぐっと押さえ込んじゃうタイプな気がするからなぁ」

「仲悪いわりにはよくわかってるみたいじゃん」

宗平はからかってるのか感心してるのか、よくわからない態度だ。両方かもしれない。

「別に仲は悪くないですよ。ね？」

「いや、よくわかんないし……」

同意求められてもなぁ。実際、悪いってほどじゃないかもしれないね。ただよくもない。っていうか、親しくもない。

ある意味、兄弟弟子みたいな感じ？　師匠が俺の父さんとして。

「いまんとこ、俺の目標なんで。追いつけ追い越せ、ですよ」

「ライバルってことか」

「恋愛的にもそうですね」

「おい、おまえそんなはっきり……」

伊崎が堂々としてる分、宗平がちょっと慌ててる。まわりを見て、近くの席の人たちが気づいてなさそうなのを確認して、ようやくほっとしてた。

「いまさら取り繕ったってしょうがないでしょ。みんなわかってることじゃないですか。蒼葉先輩たちが付きあってることも、俺が蒼葉先輩のこと好きなのも、知っててスルーしてるんだし」

「そのへんは取扱注意事項だろ。広めていい話でもないし」

「まぁそうですね。でも内輪ならOKってことで。今日も可愛いです、蒼葉先輩。好きです。愛してます。俺と付きあってください」

相変わらず伊崎はにっこにっこしてる。冗談っぽく言ってるけど、これって本気なんだよね。無視すると延々と言い続けるのがわかってるから、ちゃんと返事はするよ。

「ほかに好きな人がいるから無理です」

「俺のこと好きになったら、OK？」

「心変わりなんかしないから」

「変わらなくてもいいですよ。俺のことも好きになってくれれば」

「え？」

ちょっと待て。それってつまり、こないだ父さんが言ってたパターンか……？

向かいの席で溝口が鼻血吹きそうになっておたおたしてる。さすがに妄想の展開が早い。伊崎の発言から一秒もたってないぞ。

「信彦さんから、それもありって言われてるんで」

「言われても俺が無理だしっ」

っていうか伊崎的にありなのか？　誠志郎さんと俺を共有出来るって本気で思ってんの？　無理に決まってるんじゃん。絶対おまえ、独占したいタイプじゃん。

隣で溝口がブツブツ言ってて怖いよ。すごい不穏な単語も聞こえたし。３Ｐとか言うなよ大学のカフェテリアで！

宗平がドン引きしてるじゃん。俺の親友に変な負荷かけんな。

なんかさ、宗平見てると自分がもう普通の感覚じゃないんだって思い知るよ。自分をネタに妄想されてるってわかってるのに、こんな反応出来ないもん。いや一応俺だって引いてはいるんだよ？

「神田先輩を蹴《け》落とせないなら、同じ立ち位置ってのもありかなーとは思ってますよ。まったく手に入らないよりは、恋人の一人になれたほうがいいです。あんまり人数多いと嫌ですけど、俺入れて二人なら、そんなに変わらないかなって」

「な……なにが……？」

「主に一緒に過ごす時間ですね。単純に半分になったとしても、そのへんはまぁ忙しい恋人なんだと思えばいいし」

「三人一緒にいれば時間減らないよ？」

溝口の変な提案？　に、伊崎はなるほどって簡単に納得した。するなよ。

「そうか。三人なら同棲もありですよね。座るときとか寝るときとか、蒼葉先輩を真んなかにすれば隣は常にキープ出来るし」

「そうそう。デートだって三人ですればいいんだよ」

約二名はノリノリで話してるけど、俺と宗平はもう遠い目をしてる。うん、これは俺と関係ない話だと思おう。実際妄想だから関係ないし！

「順番待ちしなきゃいけない場面も出てくると思うけど、二人ならすぐまわってくるよ」

「ですね。二人がかりで出来ることも多いし」

「ふ……二人がかり！」

溝口は顔を真っ赤して悶《もだ》えてる。だから人を使ってそういう妄想すんな。こいつ本当に大丈夫なのかな。

伊崎も俺の顔見てニヤニヤしてるし。でもこっちは妄想してるんじゃなくて、俺の反応見て楽しんでる感じ。年下のくせになんだその余裕ぶった態度。

「蒼葉先輩を気持ちよくさせるためなら、神田先輩とでも協力出来そうな気がします」

「だ、だよねっ、だよね！」

聞こえない聞こえない。俺はなんにも聞いてないぞ。ついでに隣から聞こえてくる「はぁはぁ」って息もきっと気のせい。

ああ、冷めたコーヒーが美味い。

「んーでも、蒼葉先輩って体力なさそうだからなぁ……単純に回数が半分になりそうですよね。だって一人三回ずつ出したとしても蒼葉先輩的には六回になるし。俺としては三回でも絶対足りねぇもんなー」

「蒼葉くん大変だぁ。どうしよう、理想的過ぎる！　見たいぃぃ……っ」

「それはさすがに無理ですねぇ。俺はいいけど、神田先輩はダメって言いそう」

俺の意見は無視か、そうか。いやいやそれ以前の問題だった。状況的にまずあり得ないからね。俺に二人目の彼氏出来るとか、絶対ないからね。

溝口がさっきからずっとはぁはぁ言ってて気持ち悪い。黙ってれば小動物系男子で通るのに、残念すぎて涙が出そう。

意識をよそに飛ばしてたら、いきなり溝口がガシッと俺の手を両手で握りしめた。

「蒼葉くんって、妄想執着系男子にモテるフェロモン出しまくってるんだよね？」

「いきなりなに」

「そのトラブルって、たぶんこれからも続くと思うんだ」

「嫌なこと言うなよ」

だいたいその言い方もどうかと思う。出しまくってるとか、ひどい言いよう。そんなもん出してないからね？　やたら男につきまとわれて襲われるのが事実としても。

「事実だし。むしろどんどん色気が出て、これからさらに危ないと思うんだ」

「気をつけてるし」

「いままでだって気をつけてたんだよね？　でも危ない目に遭《あ》ったんだよね？　神田さんがボディガードについてからも、何回も」

まったくその通りでぐうの音も出ない。別に誠志郎さんが役に立たないってわけじゃないぞ。ただやたらと正論をぶつけてくるから、宗平も口を挟めないでいる。伊崎は頷きながら聞いてるだけだ。四六時中張り付いてはいられないってだけだ。

援護射撃みたいなものなんだから当然だよね。

「君の場合、守ってくれる人を増やしたほうがいいと思うよ」

まっとうなこと言ってるのに、本音が透けて見えてがっかりする。絶対これ俺の身は案じてないよね。むしろ俺が襲われるのを期待しつつ、彼氏増やせって言ってるんだよね？

俺って味方は多いけど、モラル的な意味を入れたら理解者は少ないんじゃないかって、最近思い始めた。もしかしたら宗平しかいないのかもしれない。

「いろいろ学んでるんで大丈夫」

同じ轍《てつ》は踏まないから。対策は十分練ってるから。その証拠に、この何ヶ月かは平和じゃん。それって誠志郎さんの存在が周知されたせいもあると思う。通学途中とかで声かけられたりってのはたまにあるけど、それも誠志郎さんがいればゼロだし。

「とりあえず痛いから離して」

「あっ、ごめん」

「大丈夫ですか？　ちょっと赤くなってる」

心配そうに伊崎はさりげなく手に触ってこようとするから、さっと手を引っ込めた。残念そうにすんな。しょんぼりして可愛《かわ》い子ぶったってダメだぞ。

誠志郎さんと違って伊崎はあざといんだよね。

「ま、とにかく俺的には恋人の一人ってのもありなんで、前向きに考えてください」

「考えるまでもなく却下」

「大事にするし、尽くしますよ。心も身体も」

「間に合ってます」

「たぶん神田さんも、蒼葉先輩がそうしたいって言ったら呑むと思いますよ」

「まさか……」

鼻で笑って流そうと思ったのに、上手く出来なかった。伊崎の目はマジで、俺をからかってるわけでも嘘言ってるわけでもないってわかる。

「断言してもいいです。手放すくらいなら俺を認めますよ。同じだからわかるんです」

ああ、そういうことか。あのとき、誠志郎さんが俺のしたいようにって言ったのは、そういう意味だったんだ。俺が決めたら、受け入れる気なんだ。

結構ショックだった。なんか……上手く言えないけど。

誠志郎さんが迎えに来てくれたのは、それから三十分くらいたってからだった。こっちのテーブルに来る前に宗平が俺を急かして送り出したから、興奮状態の溝口とニヤニヤしてる伊崎とは接触しないですんだ。

あの状態で誠志郎さんとあの二人が接触するのは確かにまずかったと思う。いかにも余計なこと言いそうだもん。

「えっと思ったり早かったね」

「木原に急かされた」

誠志郎さんはスマホを軽く振った。知らないあいだに宗平からメッセージが飛んでたらしい。急かしたなんて言ってるけど実際はヘルプコールだったんじゃないかな。

「宗平、なんて？」

「溝口の妄想で迷惑してるって。そんなにひどかったのか？」

「あ、うん。伊崎がいると、どうしてもね」

曖昧《あいまい》にごまかしたけど嘘は言ってない。とりあえず詳しい内容まで伝わってなくて安心したよ。宗平のことだから、そんなに心配はしてなかったけど。

車に乗って、狭い空間に二人だけになると、ちょっと緊張してしまった。

うーん、困ったな。一昨日《おととい》のこと引きずってるわけじゃないのにな。

俺が過剰反応したのは一回だけだよ。けどその一回がまずかったみたいで、誠志郎さんはものすごく自分を責めてる感じ。違うって言ったんだけど、ちゃんと伝わってる感じがしない。

こういう緊張感って伝染するよね。たぶん誠志郎さんがものすごく張り詰めてるから、俺もゆるゆるでいられないんだと思う。

車のなかで会話はなかった。でも家が近くなった頃、思い切って確かめてみることにした。

「あのときさ……俺のしたいように、って言ったじゃん。覚えてる？」

「ああ」

ヤバい、失敗した。誠志郎さんの緊張感が余計ひどくなった。ピーンと張り詰めてて、切れそうではらはらする。

「ごめん。やっぱいい」

「言ってくれ」

そうだよね、いまさら引っ込められないよね。ここで強引にやめても空気が変わるわけでもないし。

せめて言葉は慎重に選ぼう。

「えっと、俺のしたいように、っていうのは……どういうことを指すの？」

「なんでも。俺と別れるとか離れるとか、以外なら」

「……たとえば、伊崎とも付きあうって言ったら二人で俺のこと共有するわけ？」

ドキドキしながら、なるべく軽めの口調で聞いてみた。深刻そうな声を出したら、空気がますます重くなる気がしたから。

じっと横顔を見つめてると、形のいい唇が俺の望まない動きをした。

「そうなるな」

予想通りの答えだったのに、はっきり誠志郎さんの口から言われると嫌な気持ちになった。誰にも渡したくない、って言ってくれないんだな。それとも渡すってのは違うんだろうか。半分こ、なんて出来ないから分けるっていうのも違うし。

やっぱよくわかんない。俺が変なのかな。だって父さんも伊崎も、誠志郎さんでさえ、恋人が二人って状況を「あり」って言ってる。

なにを言ったらいいかわからなくて黙ってると、車がマンションの駐車場に着いた。

家の入ると、また父さんの靴があった。

「どうしたの？」

一昨日来たばっかなのに、また来てるよ。まるで自分ちみたいにソファでくつろいで、タブレットでなにか見てる。

　暇そうだね。だったら仕事に復帰すればいいのに。後を任せて社長に就かせた人が、父さんの復帰を本心では待ち望んでること知ってるよ。ほかの部下の人も、父さんに戻って来て欲しがってるみたいだし。

　知ってて放置してるんだよね。誠志郎さんに対してだけじゃなくて、部下のみんなにもこういう人なんだなぁ。

「ご飯でも誘いに来たの？」

「おまえを連れて行こうかと」

「は？」

「ちょっと距離置いたほうがいいかと思ってさ。あとは頭を冷やす必要だな」

　前半は俺たち二人に対してだよね。けど父さんが見てるのは誠志郎さんだから、頭を冷やすほうは誠志郎さんだけなのかも。

　っていうか、なんでそんな話に？

「あっ、伊崎からなんか聞いた？」

「なに言ってんだ。報告は本人からに決まってんだろ」

「え……」

って、まさか誠志郎さんってそんなプライバシーに関することまで報告してんの？　俺の周囲をうろつくヤバそうなやつとか、そっち方面だけじゃなく？

ちょっと信じられない……。

気持ちが顔に出てたらしくて、誠志郎さんは決まりが悪そうな顔をした。

「詳しいことは知らねぇぞ。ただこいつが、現状の自分に問題ありだって言ってきただけだ。だから来てみたんだよ」

「問題なんて……」

誠志郎さんの顔を見て視線で尋ねてみたけど、返事はしてくれなかった。ちょっとだけ苦い顔してるのは肯定ってことなのかな。

「あるんだろ？」

「俺に、あります」

「それって一昨日のこと？　だったら別に……」

「二度とあんなことはしない。頭も、少しは冷えてる。ただ蒼葉は俺といると気が休まらないだろ？」

「そんなことないよ……！」

びっくりして大声出しちゃったよ。なんでそんなとこまで話が飛躍してんの？　びくっとしちゃったからか？　あんなの、大きな意味ないって！

俺の過剰反応に、誠志郎さんが過剰反応しちゃったパターン？

「誤解だから！」

「怯えてたのは確かだろ」

「いや、あれはね」

「ずっと泣いて、怖いって言ってた。本気の拒絶は初めてだったろ」

「えっと、いや……それは、そうかもだけど。でも違うから……！　拒絶してないよ？　怖かったのは、その……」

父親の前でなんてこと言うんだよ、もう。ちゃんと説明したいけど具体的なこと言いたくない俺の気持ちをどうしてくれる。

二人きりで話させろ！　って思って父さんを振り返ったら、ヘッドロックをかけるみたいにして首に父さんの腕がまわってきた。

「よし、やっぱ連れてくぞ。俺の可愛い息子を可愛がってやれないようなやつには、安心して預けておけねぇからな」

「自分がしばらく出ていきます」

「それだと俺がここにこもらなきゃなんねぇだろ。ホテルのほうが楽でいい」

誠志郎さんの提案を父さんは速攻で却下した。

「ちょっと待ってよ。なんで決定事項なわけ？　俺、行かないよ？」

「おまえに選択権はない。ここは俺の家だからな」

それを言われると強く出られない。扶養家族だからさ。けどいきなりすぎるし、当事者の意見無視しすぎ。

誠志郎さんもなにか言えばいいのに。そもそもバカ正直に報告しなくたっていいのに。

なんか、大前提を突きつけられた気分。誠志郎さんは俺の恋人になるよりずっと前から父さんの部下だったんだよね。そもそも父さんの命令で、俺と同居することになったんだ。

優先順位、いまでも父さんの命令のほうが高いってことなのかな、俺が連れられてくの、黙って承知してるのがその証拠？

それってなんか、すごく嫌だ。

「誤解なんだってば。ちゃんと話し合いさせてよ」

「もう少し落ち着いてからにしろ。誠志郎はそれでいいな」

「……はい」

「言いたいことがあるなら言え」

「ありません。会長の言う通りですから」

命令に従った誠志郎さんを一瞥《いちべつ》して、父さんはほかの部下の人を電話で呼びつけた。近くに待機させてたらしい。

「俺が呼ぶまでは来るなよ。頭が冷えた頃、呼んでやる」

父さんは俺を連れ出して、迎えの車に押し込んだ。持ち出した荷物はちょっとで、主に大学のものばっかりだ。

連れられて行ったのは車で十五分くらいのところにあるホテル。父さんはホテルって言ってたけど、マンションっぽい造りだった。同じビルに系列のホテルが併設されてて、ここはそのサービスが受けられるみたいだ。ものすごく高級なウィークリーマンションみたいな感じ？　名称はなんとかレジデンスっていうらしい。

「後で服でも買いに行くか」

「……誠志郎さんって、自分の気持ちとか感情とかより、父さんの命令のほうが優先順位高いってことなのかな」

父さんにものすごく恩義を感じてるのは知ってたけどさ、あんなにあっさり俺を送り出さなくてもよくない？

「俺の恋人なのに、父さんの部下なんだよね」

「ちょっとなに言ってるんですかね、この子は」

「だってさ！　さっきだってあっさりだったじゃん。まだちゃんと話せてなかったのに」

「俺が行く前に解決出来なかった以上しょうがねぇな」

「だったらあの場でさせてくれてもよかったじゃん」

「せっかくのチャンスだったからな」

父さん曰《いわ》く、もともと親子水入らずで過ごしたいと思ってたらしい。だったらそう言えばいいじゃん。言ってたらまた違ってたよ。

わざとだね、きっと。誠志郎さんいじめの一環だ。

「なんかさ…あんなふうに父さんの命令第一、みたいな態度見ちゃうと……もしかして…俺といるのも、父さんの命令だから？　とか……」

「だとしたらどうするんだよ」

「いや、そんなはずないいんだけど、なんかモヤモヤして……」

出会ってからの誠志郎さんの言葉とか行動とか、視線とか触り方とか、あれに気持ちが入ってないわけないいんだよ。けど、恋愛感情って思ってたうちの何パーセントか……五パーセントくらいは使命感とかなんじゃ、って思えて来ちゃうんだ。

そういうことをつらつら言ってるのを、父さんはニヤニヤしながら聞いてる。アドバイスどころか慰めてもくれなかった。

「恋人が二人いれば、常にどっちかは優しくしてくれるんじゃねぇか？」

「だからそういうのはないから！　誠志郎さん一筋だから！」

「食わず嫌いかよ」

「その使い方、絶対間違ってる！」

どこの親が二股推奨するんだよ。普通の親じゃないけどね。ボディガードと称して、息子に同性の恋人候補を差し出すような人だから。

「和哉を呼んでやろうか」

「やだ！　いい加減にしないと本当に怒るからな」

マジ切れ寸前の俺に、とうとう父さんもふざけるのをやめた。半分くらいは本気だったのかもしれない。

豪華な部屋のでっかいソファの隅っこで、俺は膝を抱えてうじうじしてた。テレビがついてても、鬱陶しいとしか思えなかった。

すさんでるな俺。

「まだ六時か……よし、とりあえず明日の服、買いに行くぞ」

「いらないし」

「同じ服着て行く気か？　溝口くんとかいう子に妄想の種をやるならそれでもいいんだぞ」

「……行くよ」

さすがにそれは嫌だなと思ってしまった。いまの俺を即座に動かすなんて、さすがは溝口。

気は乗らなかったけど父さんについて店がいろいろ入ってるフロアに下りて、自分じゃ絶対に買わない高い服を見て、結局カットソーを二枚とパンツを一本買ってもらった。買いもの気分じゃなかったから、選ぶのは父さんに任せた。試着はしたけどさ。

「相変わらずガリガリだな」

父さんは俺を上から下まで眺めて、ダメな子を見るような顔をした。別にガリガリじゃないからね。標準よりはちょーっとやせてるかもしれないけど、まぁこんなもんだよ。細いねって言われるのとガリガリって言われるのは違うんだからな。

「ちゃんと食べてるよ」

「血色はいいよな」

俺が全然考えない分、誠志郎さんがちゃんと毎日のご飯を考えてくれてるもん。栄養バランスとかカロリーとか。

その証拠に俺、一回も風邪ひいてないんじゃないかな。大学休んだことはあるけど、それって全部病気じゃないし。

「お待たせしました」

なぜか店の出口まで見送られた。なんかこういう買いものって慣れなくて戸惑う。

店を出てエレベーターに向かって歩き始めたら、父さんがやれやれって感じで溜め息をついた。

「おまえはほんとに、どこ行っても男を引っかけるな」

「あー」

「あの店員、たぶんバイセクシャルだな」

「ボディタッチ多かったもんね」

言われなきゃ気づけないほど俺は鈍くない。伊達に幼稚園の頃から男の欲望にさらされてないよ。って自分で言うのも悲しいな。ほんとに俺、よくここまで無事に育ったよね。

「俺の判断は正しかったな」

ここにも自画自賛の人がいますね。誠志郎さんのことかな？　それとも俺をずっと守り通したことに関してかな。どっちにしても、俺が無事なのは九割以上父さんのおかげだと思う。

だからって伊崎に関する提案まで正しいとは思わないけども！

「そろそろいい時間だな。メシでも食ってくか」

「どっか行くの？」

「いやホテル内でいいだろ」

「んー……あんまり食欲ないんだよね」

「じゃルームサービスにするか」

「うん」

それがいい。レストランとか、人目のあるとこで食べる気になれないし。

部屋に戻ってルームサービスメニューを見て、すぐに決めた。フライドポテトでいい。値段にちょっとビビッたけど、なにか頼めってうるさいからもうそれで。

電話で父さんが注文してるあいだに俺は風呂に入った。って言っても、ぱぱっとシャワー浴びただけだ。顔洗ったら、ちょっと気分もすっきりした。

ホテルの寝間着を着て戻ったら、父さんはもう酒飲み始めてた。ホームバーみたいなスペースがあって、酒とかグラスとかが何種類か置いてあった。

ピンポーン、って玄関のチャイムが鳴ったのは、それから十五分後くらい。

「はいはーい」

出ろって言われてドアを開けたら、目の前に誠志郎さんが立ってた。

ぽかんと口開けて見上げちゃったよ。

「相手を確認しないで開けたのか」

「あ……」

ほんとだ、うっかりしてた。溝口に大見得切ったばっかだったのにこれは恥ずかしい。ってそうじゃなくて！

「なんで？」

「迎えに来た」

誠志郎さんは部屋に入ってくると、俺をそっと抱きしめてから肩を抱いたままなかへ進んだ。父さんはソファにどっかりと座って待ち構えてた。

全然驚いてない。もしかしてわかってた？

「どういうつもりだ？」

父さんは口調だけは軽いけど、顔は怖かった。威圧感がすごくて、俺は思わず肩をすぼめて小さくなってしまった。

けど誠志郎さんはまったく怯まなかった。

「見ての通りです。蒼葉を連れ戻しに来ました」

「却下だ。頭を冷やすには時間が短すぎるだろ」

「問題ありません。十分でした」

もともと冷えてはいたんだよね、たぶん。ただ俺が怯えてるんじゃないかって余計な気をまわしてただけで。

「だとしてもだ。久々の親子水入らずだぞ。邪魔すんな」

「恋人同士の時間のほうが重要なので」

「おい」

あれもう父さんの威圧感が消えてる。本気じゃなかったのかな。もしかしたらお膳立てして……いや違うな。たぶん父さんにとっては、どっちに転んでもよかったんだ。迎えにこなければ予定通り親子水入らず。来たら来たでよし、みたいな。

そういうスタンスなんだろうな。父さんが用意した選択肢って、どれが選ばれても父さんに損がないように出来てるんだ。

見上げた顔は、ここ最近見てなかった表情を浮かべてる。迷いがなくて、余裕があって、激しい感情を狡猾さで覆い隠してる顔。

「たとえ会長の命令でも、蒼葉のことだけは従えません。好きにさせてもらいます」

「首にするぞ」

からん、って涼しい音を立ててグラスのなかの氷が動いた。ソファで足組んで、浮いた爪先をゆらゆらさせてる父さんは、どう見たって楽しそうだった。

「なにがあっても蒼葉は離しませんから」

「離す必要はねぇって言ってるだろ」

「ほかの男も認めません」

じわじわーって、なんかが広がってく感じ。これって歓喜とかいうやつ？　痺れるみたいで、甘くって、まるで快感みたいな……。

気がついたら俺から誠志郎さんを抱きしめてた。どうしても抱きついてる感じになっちゃうけどさ。こんなふうに言って欲しかったんだ。こうやって自分の気持ちに正直になって欲しかった。

「可愛い息子さんは、俺が全力で大切にします」

「レイプまがいなことしたくせにか？」

「誓ってもうしません。解雇するというなら、残念ですが受け入れます。お世話になりました」

「待てこら」

話しながら、誠志郎さんは俺を抱きしめてた。強い力じゃないけど、囲い込むようにして父さんに決意をアピールしてる。

大丈夫。ほら全然怖くないよ。俺も全身でアピールした。誠志郎さんにぎゅっとしがみついて、頬すりつけて。

俺の場所はここだよ。ごめん、父さん。もう父さんのとこじゃないや。

「父さん……」

「わかったわかった。邪魔はしねぇよ。首もなしだ」

呆れたみたいな、っていうかうんざりしたみたいに言って、父さんは立ち上がる。持ってるのは財布とスマホ。

「部屋を提供してやるから、好きなようにしろ。俺は上のホテルに部屋取るわ」

テーブルの上のカードキーを指さして、父さんは出て行ってしまった。

まさか戻ってこないよね？　カードキー、二枚とも置いてあるから大丈夫なはず。後はルームサービスかな。

俺はあらためてぎゅっと誠志郎さんに抱きついた。

「嬉しかった」

「……悪かったな」

「来てくれたから、もういいよ」

そもそも誠志郎さん悪くないしね。ただいろいろ葛藤はあったんだろうと思うよ。父さんの命令に背くって、たぶんこの人にとっては相当なことなんだから。

座って話そうとしたら、ピンポーンてチャイムが鳴った。今度こそルームサービスだった。

受け取りは誠志郎さんがして、しっかりと施錠してた。ドアガードもちゃんとしたし。父さんを警戒してるのかな。だって食べ終わった後でまたスタッフ呼ぶんだよね？

食事は二人分。父さん、一人でどうするんだろ？

「えっと、せっかくだから食べようよ」

俺はポテトだけだけど、父さんはステーキセット頼んでたんだよね。相変わらずガッツリ肉食なんだよ。あれ、知らないあいだにポテトがクラブハウスサンドイッチに変えられてた。確かに付け合わせにポテトついてるけどさ。

「おいで」

なぜか誠志郎さんの膝に座って食事することになりました。恥ずかしいけど、誠志郎さんは気分が乗ってるみたいだし、俺もちょっと甘えたいから思い切って座った。

そしたら誠志郎さんはほんの少しだけど、ほっとした顔をしてた。嫌がられるとでも思ってたのかな。そんなわけないのに。

「あのさ、俺本当に怖がってないからね？」

「そうなのか？」

「うん」

上手く説明出来る気がしなかったけど、あのときの状況とか気持ちとかタイミングとか、時間かけて伝えてみた。

我ながら要領を得ない説明だったたと思うけど、誠志郎さんは根気よく聞いてくれたよ。

一応納得してくれたっぽい。

「誠志郎さんは、父さんに逆らって大丈夫……なんだよね？」

性格的に問題はないとは思ってる。むしろ期待してたんじゃないかな、ってさっきの様子見て思った。だから一応の確認。

「さっきも言ったろ。蒼葉に関しては、俺の思ったようにするって」

「勇気いった？」

「社長に拾ってもらったことが、俺のスタートだったからな」

まぁ大前提だったんだよね、きっと。自分が俺を傷つけた、みたいなことまできっちり報告しちゃうくらいだもん。単に真面目だからってだけじゃなくて、忠誠心とかも半端ない。

「でも目の前でおまえが連れて行かれて、部屋で一人になって……黙って見送ってた自分を思い出して腹が立ってきてな」

「誠志郎の乱だね」

「大げさだ」

まぁね。けど、俺にとってはそれくらい大きかったんだよ。きっと誠志郎さんはわかってないんだろうな。

それに父さんの育成第二ステージはまだ続くと思うし。

「きっと伊崎のこととか、また言ってくるよね」

「だろうな」

「平気？」

「平気じゃねぇが、それは本人と会長に返すことにした」

「え？」

伊崎本人はともかく、父さんにも？　どういう意味？

「伊崎にはダメ出しして文句言って、会長には抗議する。会長もそれを望んでるだろうしな」

「……そうかも」

いいんじゃないかな。溜め込むのよくないし、急に気にならなくなるなんて無理だしね。俺は多少当たられるくらいなら平気だよ。どんと来い。

二人っきりの部屋で思いっきりイチャイチャしながらご飯を食べて、終わったらワゴンごと下げてもらうためにホテルスタッフを呼んだ。

誠志郎さんが対応してるあいだに俺は全開だったカーテンを閉める。

さすがに夜景がきれい。ここ四十階くらいだもんね。

左右のカーテンのあいだから顔だけ出して夜景を見てたら、後ろから誠志郎さんに抱きしめられた。

背中暖かい。

「きれいだよね」

「いつもと匂いが違うな」

「え？　ああ、ホテルのシャンプーだから」

「知らない匂いがついてると違和感があるな」

そんなものかなぁ。ごめん、俺そこまで気にしたことないや。

思うんだけど、誠志郎さんのほうが細かいっていうか、いろいろ気にする人だよね。わりと繊細なのかも。

ちゅ、って耳にキスされて、心臓がどきんと跳ねた。

「……する？」

「せっかく部屋を提供してもらったからな。今度はちゃんと優しくする。嫌っていうほど可愛がってやるよ」

「あっ」

ひんやりした手が入ってきて、胸に触った。ホテルの寝間着は甚平さんタイプというか、上下セパレートで上は左右をあわせて紐で留めるタイプだから、簡単に手とか入っちゃう。

やわやわと揉まれて、じんわりと快感があふれ出す。

「ま……待って、場所……っ」

窓辺で立ったままなんて、難易度高すぎる。

もう片方の手は、ズボンのなかに入って来ちゃってるし！

「嫌か？」

「ぁあ、んっ……だって、外から見……やぁっ」

カーテンをつかんでる手に力が入って、ガラスに映《うつ》った俺の顔が快感にゆがんだ。なんか膝がガクガクしてきた。

「誰も見てねぇよ」

「そんな、こと言って……冬の、合宿……」

「……そうだったな」

仕方なさそうにだけど同意して、誠志郎さんはひょいって俺を抱き上げた。カーテンは二十センチくらい開いたまま放置だ。

ベッドルームに運ばれて、驚いた。なにこれ、ベッドでかい。キングサイズってやつかな？　ベッドルームはもう一つあって、そっちはツインだったんだ。俺は本当ならそっちを使うことになってたんだよね。

寝間着の前を広げられて、胸をしゃぶられた。さっきまで指で弄《いじ》られてたから、ちょっと吸われただけでも気持ちいい。

もう一つの胸は指でこりこりってされて、両方同時に弄られるから、恥も忘れてアンアン言いながら悶えてしまった。

可愛がる、って宣言したのは伊達じゃなかった。

いつまでそこばっか触るの、ってほど、長いこと胸を愛撫された。色が薄くて小さい俺の乳首が真っ赤になってぷっくり膨《ふく》れあがるくらいに。

「やっ、も……そこ、いいからぁ……っ」

びりびりするんだけど。痛いんだか気持ちいいんだか、もう自分でもよくわからない。空気にさらされるだけでも、なんか感じるんです！

これはこれで、どうなのって思う。やり過ぎ感が否めない。誠志郎さんって、もしかして加減とかわかんない人だったの？　極端な人だよね。

もういいって何回か言ったら、ようやく胸から離れてあちこちキスし始めた。

さっき手で半分くらい高めてた俺のものは、胸の愛撫ですっかりもう腹についちゃってる。ヤバい、あのまま乳首弄られてたら、そこだけでイッちゃってたかも。

誠志郎さんが今度はそこしゃぶろうとするから、慌てて止めた。

「そっちより、後ろ……触って」

焦《じ》らされてる気分になってきた俺としては、早く誠志郎さんと繋がりたかったんだ。ぶっちゃけ、前よりも後ろのほうが気持ちいいし。そういうふうに感じる身体になっちゃってるし。

早く誠志郎さんが欲しい。奥まで突いて、ぐちゃぐちゃにかきまわして、いっぱい出して欲しいって思っちゃってる。

終わってるなぁ、って思うよ。

「早く、入れて……」

「煽《あお》るんじゃねぇよ」

苦笑まじりだけど、とりあえず俺の希望は叶えてくれた。

「やっ、ぁん」

濡らした指が入ってきて、ゆっくりと後ろをほぐしてく。最初はゆっくりと動いて、だんだんと速くなるにつれて俺の腰も動いて。

二本め、三本めってなる頃には、俺の顔はもう溶けきっちゃってたはず。

後ろ気持ちいい。頭まで痺れるような感じがたまんなくて、誠志郎さんの指を三本くわえ込んだまま何度か軽くのけぞった。

涙いっぱいためた目で懇願して、やっと誠志郎さんの指が抜かれていった。あのままだと指でイカされてた気がする。

それはそれで悪くないけどさ。

自分で言うのもあれだけど、俺って若干Mっ気あると思うんだよね。焦らされたりしつこく責められたりするの実は嫌いじゃないし……ってもちろん誠志郎さん限定だよ。で、誠志郎さんもちょっとSっ気ある気がする。

だから俺たちって上手くはまってる、っていうかバランス取れてるのかなぁって思う。

でもそれって、ちゃんと相手を尊重する気持ちがあってこそだよね。相手を傷つけて悦に入ったり、蔑《さげす》んで自分が優位に立ったような気分になったりっていうのはアウトだよ。

一昨日みたいに一方的なことしてても、そういうラインは踏み越えないんだ。

不可抗力は仕方ないと思う。誤解とか弾みとかっていうのは、これからあるかもしれないし、誠志郎さんがいくら大人っぽいとは言ってもまだ二十三歳なんだし。

「来て」

もう一回キスしてから、俺の脚《あし》がぐいっと押し上げられる。腿が胸につくくらい深く折られて、腰がシーツから浮いた。

誠志郎さんがじりじり入ってくる。

「あっ、あ、ぁ……」

広げられる感じがヤバい。最初は痛いだけで、異物感に泣きそうになったものだけど、いまじゃ入ってくときからもう気持ちいい。

ぞわぞわって、鳥肌が立った。

誠志郎さんもかなり我慢してたみたいで、いったん最後まで入れると間を置かずに引き抜いて、がつがつと突き上げ始めた。

声が止まんなくなる。後ろ責められると気持ちよくて、優しいけど容赦《ようしゃ》ない誠志郎さんに翻弄されるだけになっちゃう。

このあいだとは違った。快感には種類があって、やっぱり俺は甘いのが好きなんだって思った。幸せで、どろどろに溶けそうな感じ。

目を開けると、誠志郎さんの顔が見えた。

ぎらぎらしてるのは一緒だ。ケダモノみたいで、俺のこと欲しいっていうのがむき出しで、獲物な俺はいつもぞくぞくさせられる。

けど暗さみたいなものがなくて安心した。このあいだとは違ってる。

手を伸ばすと、少し屈んで首に手が届くようにしてくれた。

抱きついて、キスしてって目で訴えたら、返事の代わりに背中に手がまわってそのまま抱き起こされた。

「んぁっ……んっ」

キスするのに、わざわざ対面座位に変えることなくない？　好きだけどさ。

繋がったまま舌を絡めるキスをして、同時に胸を弄られた。ピリピリするほど感じやすくなってるから、ちょっと指の腹で撫でられただけで後ろがぎゅうっと誠志郎さんを締め付けた。

喘ぎ声がキスに飲み込まれてる。

苦しくなってきた頃、やっと唇が自由になった。自分からねだったんだけど、思ったよりずっと長かったから。貪られた感がすごい。

「溶けそうな顔してるな」

「ん……」

だって気持ちよくて本当に溶けそうだもん。俺ちゃんとまだ形あるかな、って心配になっちゃうくらい。

バカなこと言ってるなって自覚はあるよ。でもそれくらい気持ちいいんだからしょうがない。

両手で腰をつかまれて、上下に揺さぶるように促される。もちろん動くのは俺で、本能に任せて夢中になって腰を振った。

よくわかんない深いとこから、ぶわっとマグマみたいに快感が上がってきた。

「あっ、あ、ぁんっ、イ……く、イッちゃう……っ」

誠志郎さんが俺の腰を引き下げるのと同時に突き上げてきて、どくんって大きく絶頂感が弾けるのがわかった。

全身が貫かれて、後ろに倒れ込むみたいにのけぞった俺を、誠志郎さんがしっかり抱きしめてくれた。

ゆっくりまたベッドに戻されて、髪を撫でられた。

身体はまだ繋がったまんまだし、誠志郎さんはまだイッてない。ちょっと休みたい気持ちもあるけど、それより続きをして欲しかった。

シーツに落ちてた腕を持ち上げて広い背中を抱きしめて、自分から腰を押しつける。

誠志郎さんは俺のヘタクソな誘いをちゃんとわかってくれて、すぐにまた突き上げてきた。

「あっ、ぁあっん！　や……そこ、気持ち、い……」

俺より俺の身体を知ってる誠志郎さんは、感じるところを狙って突いてきて、容赦なく俺をよがらせてく。

気持ちいい。もっとして。

たぶんそんなようなことを口走ってるんだと思うけど、もうどうでもよかった。だって頭んなかぐちゃぐちゃで、わけわかんなくなっちゃってる。

弱いところを何度も責められて、さっきイッたばっかなのにまたイキそう。

「ああっ、あん……い、いっ……やぁっ」

「もっと……？」

「う、んっ」

そう、それ好き。ダメだけど、いい。理性とか恥ずかしいとか、そういうの全部どっか行っちゃうくらい、いい。

「あっ、ダメ……あんんっ、イッ……く……ダメっ、あ、あぁぁっ……！」

自分でもなに言ってんだかわかんなくて、ただもう気持ちよくてどうしようもなくて、誠志郎さんの背中に爪を立ててた。

襲ってきた絶頂感はさっきよりもずっと強くて深くて大きくて、俺は全身をガクガク震わせながら半分意識を飛ばしてイッてしまった。

それでも自分のなかに誠志郎さんが熱いの出してくれたのはわかったよ。

「んっ、や……ぁ、んんっ」

絶頂が続いてて全然止まんない。びくんびくんて腰とか腿とかが痙攣して、次から次へとイク状態が波みたいにして押し寄せてきてる。

初めてじゃないけど……っていうか、するたびにだいたいこうなっちゃうんだけど、何回味わってもすごすぎて怖くなる。

あ、このあいだの怖さとは別ね。あのときのは自分の心が置き去りにされてそのまま誠志郎さんとはぐれてそのままになっちゃいそうな怖さだったんだから。いまのは違うよ。怖いけど、一緒にいてくれるってわかるから大丈夫。

「は、ぁ……」

やっと波が収まってきて、ゆっくり目を開けた。

誠志郎さん越しに知らない天井が見えて、ああそうかって思った。場所とか状況とか、すっかり忘れてた。ここ父さんが泊まってる部屋だった。

もう一回ゆっくり息を吐き出して、乾いてた唇を舐《な》める。そこを誠志郎さんの指が撫でた。きれいな指してるよね。長くて節くれ立ってて男らしい、俺の大好きな指。優しいけど、ときどき傍若無人で意地悪でもあって——。

気がついたらその指をぱくって口に入れてた。

誠志郎さんは少し驚いてたけど、俺のしたいようにさせてくれる。

舌を絡めてしゃぶって、ちょっと歯を立てて。俺がこれやられると気持ちよくなっちゃうから、どんな反応してるかなと思って見たら、笑いながら見ててがっかりした。

「気持ちよくない？」

「そんなことねぇよ」

嘘じゃないんだろうけど感じるってほどじゃないみたい。頑張ったのに。

もう一回、今度は顔を見ながら舌出して指を舐めたら、俺のなかで誠志郎さんがぐんって復活したのがわかった。

「んん？」

「その顔エロいな」

どうやら舌の動きじゃなくて顔に反応したっぽい。えーなんだそれ。なんかずいぶん誠志郎さんってお手軽じゃん。

軽く揺すられて、思わず「あっ」て声が出た。

うう、身体がヤバい。メチャクチャ敏感になってないか、これ。それに俺の経験上、かなりイキやすい状態だよ。

「ちょ、ちょょっと休憩」

「まだ大丈夫だろ」

「やっ、んん……抜け、よぉ……っ」

そのまま二ラウンドめに突入して、後はもう言葉なんてほとんどなくて、いっぱいキスして気がすむまでセックスした。

一昨日の影響は実はまだあるんだけど、そんなこと気にならないくらい誠志郎さんが欲しかったから、好きなだけしてって、喘ぐ合間にお願いした。

寝室のカーテンを閉め忘れてたことに気づいたのは、俺が三度目に達して頭真っ白になったときで、大きな窓の向こうにキラキラした街が見えてた。まぁ部屋のなかは暗いから、外から見えるなんてことはないんだけど。

広いベッドの上で日付が変わるまで思い切り声出して、感じまくって、お互いに夢中になって。

また大学休むはめになったし、身体はつらかったけど、幸せな気分になれたから別にかまわなかった。

あとがき

蒼葉《あおば》と誠志郎《せいしろう》のお話、の続きでございました。

言われて初めて気づいたんですが、誠志郎って一つ間違うと病んじゃう系というか、ずぶずぶと後ろ向きに沈んでいくタイプですね。過去にもそういう攻めがいて、そのタイプだったんですねと担当さんに指摘されました。で、受けの性格でカップルのありようも変わるよね、という話に。

蒼葉はどこまでも陽のタイプで、相手が陰でも引きずられないので、一緒に落ちていくということもないんですよね。もし受けもぐるぐるしちゃうタイプだとドツボにはまるんですが、すがすがしいほどまったくぐるぐるしないので。

そんなわけで謎の体質を持った蒼葉と愉快な仲間たちの話をお送りしました。夏合宿までたどり着かなかったのがちょっと残念。

例によって私はお父さんを楽しく書いてました。相変わらず受けの子とそのパパとの絡みが好きでしょうがない。いかんいかん。これはボーイズラブなのでラブを書かなくては。ある意味、親子の愛なのでラブと言わなくもないですけども。

ラブと言えばうちのお嬢様（猫）ですが、どんどん甘えん坊になってきて嬉しい限りです。引き取った頃はちょっと荒れてて、血が出るほど噛みつかれたこともあったんですが。そろそろシニアの域なので単純に落ち着いてきただけかもしれません。試しにシニア用のフードを出してみたら「ペッ」されました……まずいらしい。

でも爪切りが嫌いなのは相変わらず。熟睡してるところを狙って襲うしかない状態なんですが、一本切ったら覚醒して逃げちゃう。なにかいい方法はないものでしょうか……。

千川《せんかわ》先生、今回もありがとうございました。そして申し訳ありませんでした。いただいたラフの、「ジョギング帰りの誠志郎」にやられてニマニマしておりました。色気がダダ漏れてますね！　そして一目で「あ、これ溝口《みぞぐち》だ」とわかるイラストがツボりました。

素敵な表紙も含め、本の完成が楽しみです。本当にお世話になりました。

ここまで読んでくださった皆々様、ありがとうございました。またなにかでお会いできましたら幸いです。

きたざわ尋子《じんこ》

初出

不条理にあまく	2016年 リンクス９月号掲載を加筆修正
不条理にせつなく	書き下ろし

理不尽にあまく《りふじんにあまく》

きたざわ尋子
イラスト：**千川夏味**
本体価格 870 円+税

大学生の蒼葉は、小柄でかわいい容姿のせいかなぜか変な男にばかりつきまとわれていた。そんなある日、蒼葉は父親から、護衛兼世話係をつけ、同居させると言われてしまう。戸惑う蒼葉の前に現れたのは、なんと大学一の有名人・誠志郎。最初は無口で無愛想な誠志郎を苦手に思っていたが、一緒に暮らすうちに、思いもかけず世話焼きで優しい素顔に触れ、甘やかされることに心地よさを覚えるようになった蒼葉は…。

リンクスロマンス大好評発売中

君が恋人にかわるまで《きみがこいびとにかわるまで》

きたざわ尋子
イラスト：**カワイチハル**
本体価格870円+税

会社員の絢人には、新進気鋭の建築デザイナーとして活躍する六歳下の幼馴染み·亘佑がいた。十年前、十六歳だった亘佑に告白された絢人は、弟としか見られないと告げながらもその後もなにかと隣に住む亘佑の面倒を見る日々をおくっていた。だがある日、絢人に言い寄る上司の存在を知った亘佑から「俺の想いは変わっていない。今度こそ俺のものになってくれ」と再び想いを告げられ…。

恋もよう、愛もよう《こいもよう、あいもよう》

きたざわ尋子
イラスト：角田 緑

本体価格 855 円+税

カフェで働く紗也は、同僚の洸太郎から兄の逸樹が新たに立ち上げるカフェの店長をしてくれないかと持ちかけられる。逸樹は憧れの人気絵本作家であり、その彼がオーナーでギャラリーも兼ねているカフェだと聞き、紗也は二つ返事で引き受けた。しかし実際に会った逸樹は、数多くのセフレを持ち、自堕落な性生活を送る残念なイケメンだった。その上逸樹は紗也にもセクハラまがいの行為をしてくるが、何故か逸樹に惚れてしまい…。

リンクスロマンス大好評発売中

いとしさの結晶《いとしさのけっしょう》

きたざわ尋子
イラスト：青井 秋

本体価格855 円+税

かつて事故に遭い、記憶を失ってしまった着物デザイナーの志信は、契約先の担当である保科と恋に落ち、恋人となる。しかし記憶を失う前はミヤという男のことが好きだったのを思い出した志信は別れようとするが保科は認めず、未だに恋人同士のような関係を続けていた。今では俳優として有名になったミヤをテレビで見る度、不機嫌になる保科に呆れ、引きこもりの自分がもう会うこともないと思っていた志信。だが、ある日個展に出席することになり…。

掠奪のメソッド《りゃくだつのメソッド》

きたざわ尋子
イラスト：**高峰 顕**

本体価格 855 円+税

過去のトラウマから、既婚者とは恋愛はしないと決めていた水鳥。しかし紆余曲折を経て、既婚者だった会社社長・柘植と付き合うことに。偽装結婚だった妻と別れた柘植の元で秘書として働きながら、充実した生活を送っていた水鳥だったが、ある日「柘植と別れろ」という脅迫状が届く。水鳥は柘植に相談するが、愛されることによって無自覚に滲み出すフェロモンにあてられた男達の中から、誰が犯人なのか絞りきれず…。

リンクスロマンス大好評発売中

掠奪のルール《りゃくだつのルール》

きたざわ尋子
イラスト：**高峰 顕**

本体価格855 円+税

既婚者とは恋愛はしない主義の水鳥は、浮気性の元恋人に犯されそうになり、家を飛び出し、バーで良く会う友人に助けを求める。友人に、とある店に連れていかれた水鳥は、そこで取引先の社長・柘植と会う。謎めいた雰囲気を持つ柘植の世話になることになった水鳥だったが、柘植からアプローチされるうち、徐々に彼に惹かれていく。しかし水鳥は既婚者である柘植とは付き合えないと思い…。

純愛のルール《じゅんあいのルール》

きたざわ尋子
イラスト：高峰 顕
本体価格 855 円+税

仕事に対する意欲をなくしてしまった、人気小説家の嘉津村は、カフェの隣の席で眠っていた大学生の青年に一目惚れしたのをきっかけに、久しぶりに作品の閃きを得る。後日、嘉津村は仕事相手の柘植が個人的に経営し、選ばれた人物だけが入店できる店で、偶然にもその青年・志緒と再会した。喜びも束の間、志緒は柘植に囲われているという噂を聞かされる。それでも、嘉津村は頻繁に店に通い、彼に告白するが…。

リンクスロマンス大好評発売中

指先は夜を奏でる《ゆびさきはよるをかなでる》

きたざわ尋子
イラスト：みろくことこ
本体価格855 円+税

音大で、ピアノを専攻している甘い顔立ちの鷹宮奏流は、父親の再婚によって義兄となった、茅野真継に二十歳の誕生日を祝われた。バーでピアノの生演奏や初めてのお酒を堪能し、心地よい酔いに身を任せ帰宅するが、突然真継に告白されてしまう。奏流が二十歳になるまでずっと我慢していたという真継に、日々口説かれることになり困惑する奏流。そんな中、真継に内緒で始めたバーでピアノを弾くアルバイトがばれてしまい…。

この本を読んでの
ご意見・ご感想を
お寄せ下さい。

〒151-0051
東京都渋谷区千駄ヶ谷4-9-7
(株)幻冬舎コミックス　リンクス編集部
「きたざわ尋子《じんこ》先生」係／「千川夏味《せんかわなつみ》先生」係

LYNX ROMANCE
リンクス ロマンス

不条理にあまく

2016年12月31日　第1刷発行

著者……………きたざわ尋子《じんこ》
発行人…………石原正康
発行元…………株式会社　幻冬舎コミックス
〒151-0051　東京都渋谷区千駄ヶ谷4-9-7
TEL 03-5411-6431（編集）
発売元…………株式会社　幻冬舎
〒151-0051　東京都渋谷区千駄ヶ谷4-9-7
TEL 03-5411-6222（営業）
振替00120-8-767643
印刷・製本所…株式会社 光邦
検印廃止

ISBN978-4-344-83873-4 C0293
Printed in Japan

幻冬舎コミックスホームページ　http://www.gentosha-comics.net